三色猫探案
茶话会

〔日〕**赤川次郎** 著

袁斌 译

人民文学出版社
PEOPLE'S LITERATURE PUBLISHING HOUSE

著作权合同登记号　图字01-2022-0865

MIKENEKO HOUMUZU NO SAWAKAI
©Akagawa Jiro 2011
All rights reserved.
Original Japanese edition published by Kobunsha Co., Ltd.
Publishing rights for Simplified Chinese character arranged with Kobunsha Co., Ltd. through
KODANSHA LTD., Tokyo and KODANSHA BEIJING CULTURE LTD., Beijing, China.

图书在版编目（CIP）数据

茶话会 /（日）赤川次郎著；袁斌译.
—北京：人民文学出版社，2023
（三色猫探案）
ISBN 978-7-02-018154-4

Ⅰ.①茶…　Ⅱ.①赤…　②袁…　Ⅲ.①长篇小说—
日本—现代　Ⅳ.①I313.45

中国版本图书馆CIP数据核字（2023）第136842号

责任编辑　卜艳冰　陶媛媛
装帧设计　钱　珺

出版发行　人民文学出版社
社　　址　北京市朝内大街166号
邮政编码　100705

印　　制　山东临沂新华印刷物流集团有限责任公司
经　　销　全国新华书店等

字　　数　131千字
开　　本　787毫米×1092毫米　1/32
印　　张　8
版　　次　2023年8月北京第1版
印　　次　2023年8月第1次印刷

书　　号　978-7-02-018154-4
定　　价　39.00元

如有印装质量问题，请与本社图书销售中心调换。电话：010-65233595

目 录

自三色猫福尔摩斯首次与读者见面，迄今已经有三十六个年头了。三十六年，差不多是普通猫咪寿命的两倍。

把小猫设定为侦探，这一想法的诞生纯属偶然。拿到"全读物推理小说新人奖"的第二年，出版社向我约稿写一部长篇推理小说。我绞尽脑汁苦苦思索如何塑造新奇有趣的主人公，因为在"喜剧推理"的大框架中，侦探的形象写来写去好像只有那几种。

就在这时，家里养了十五年的三色猫走到了生命尽头。这只小猫早已成为家里不可或缺的一员，而且，这十几年是我家生活最为艰辛的一段时期，正是这只三色猫为我们带来了无限欢乐。

等我正式出道，家里的生活终于有所改善之时，三色猫就像完成了自己的任务一样，永远地离开了我们。为了报答小猫多年以来的陪伴，我决定让它在我的作品中复活。于是，在《推理》一书中，与我家小猫形态、毛色如出一辙的"猫侦探"从此登场。

不过，那时我并未打算写成系列。没想到此书一经出版好评如潮，结果我又写出了第二部、第三部……年复一年，不知不觉间，这个系列已迎来了第五十部作品。原本是我希望通过写小说向我家三色猫报恩，结果它又以几十倍的恩情回馈了我。

三色猫福尔摩斯、片山兄妹、石津刑警，这些角色不仅仅是我创作的角色，多年来，广大读者已把他们当作家人一般亲近与喜爱。因此，我会一直把这个系列写下去。

中国出版界很早之前就引进了这套作品中的若干部，不知道猫这种生物，在日本人和中国人心目中的形象是不是有很多共通之处呢？

无论如何，这个系列被翻译成中文并被广泛阅读，这对于作者来说，实在是无上的荣幸。

曾经有一名小学生读者看了"三色猫探案"系列后对我说："原来坏人也是有故事的啊。"在我的书里，猫侦探也好，片山刑警也好，他们都不是对罪犯一味穷追猛打的那种主人公。有些人是因生活所迫，不得已而犯下罪行的。对于他们，我书中的侦探们在彻查真相的同时，总是怀有同情心。

　　也许现实世界比小说残酷许多，但我衷心期待大家在阅读"三色猫探案"系列时能够暂时忘却现实，在这个充满温暖和人情味的世界中获得治愈和救赎。

　　猫侦探也是这样希望……的吧。

赤川次郎

二〇一四年四月

序　章

"如果啊……"女主人脸上绽放魅力四射的微笑，伸手端起红茶杯，"如果这杯红茶里有毒，那会如何？"

若是为了让茶歇气氛更活跃，那么这句话起到了反作用。

听了这话，围绕着她的那些拼命隐藏着内心对依旧单身的女儿和借口工作太忙而没时间约会的儿子的担忧、正彼此窃窃私语的太太都默然了。

开口的是快要在这个家里扎了根的帮佣。

"太太，您这话不能当成玩笑说啊，"帮佣一身得体的和服，"听起来怎么像是我在茶里下了毒？"

"没人说你下毒。我只是打个比方。"

"就算如此，这也……"

"我知道……我知道你不会这么做。"

说完，女主人立刻喝了一大口杯里的红茶。

一瞬间，在场的所有人都紧张了。

这话虽然是玩笑，但如果茶里真的下了毒……

如果她这时死了，这座宅子的地价、房价，加上她的存款、股票等合在一起数不清到底多少亿的财产，到底会落入谁的手中？

女主人膝下无子，这事儿可就难说了。想来她身边那些亲戚一定都会跳出来声称自己才是第一顺位继承人，大吵大闹一番。可话又说回来，她为什么不生个孩子……

就在女主人啜饮红茶的不到十秒钟里，在场众人的心思已经盘算了好几圈。

女主人舒了口气，把茶杯放回到茶托上，说道：

"味道真不错，这红茶。"

少顷，席间响起了尴尬的笑声。

"太太，您的电话。"

帮佣走过来低声说道。

"谁打来的？"

"对方没说。"

"这种电话就不必转给我了。"

"可电话是打到里屋去的。"

女主人抬头瞥了帮佣一眼，刹那间，笑容从她的脸上消失了，但一切都发生在短短一两秒钟内。

"我稍微失陪一下。"女主人站起身，"诸位请慢用。"

说完，女主人轻手轻脚地离开了客厅。

"诸位，红茶喝完了，要不我再给大家上些咖啡吧？"

帮佣的话不知是说给谁听的。客人们彼此对视。

"也是，那就有劳你了。"

其中一位客人说道。

"好，立刻就来。"

帮佣也离开了客厅，客厅里只剩下客人。

氛围似乎一下子松弛了。

"嗯，真是松了口气。"

一位客人直率地说出了心里话。

"的确，肩膀都酸了。"

尽管嘴上这么说，实际上每个人心里都期待着能来这里。

"说句话也得陪着小心才行。"一位客人说道，"这里的男主人不是刚刚过世一个月吗？"

"但茶话会不能歇哪……了不得。"

"要说了不得……"

"'如花似玉的寡妇'……我还真想做一回呢。"

客人中最年轻的太太说话过于露骨了。

"哎呀，你家先生不是音乐家吗？不好吗？多气派。"

"他要是死了倒挺麻烦。根本没工夫享用寡妇的身份。"

"就是。要是像这户人家这样，家底丰厚……"

众人的目光在客厅里逡巡。

虽说是客厅，但眼下六名女子倚坐的沙发都摆在露台上四壁镶着玻璃、白天充当日光房的宽敞空间里。此刻已是夜晚，庭院里的草坪和花坛在略微昏暗的照明光线下浮现出来。

天花板上同样镶嵌着玻璃，抬头可见晚秋清澄的星空。

屉林彩子。

这座宅子的女主人是BS集团的法人代表，该集团是以大型电机厂商BS电机为核心的行业巨头。一个月前，她的丈夫屉林宗佑在事故中身亡。她继承了丈夫的职位。

彩子今年四十五岁。尽管年龄比丈夫小五岁，但从外表来看，说她比丈夫年轻十岁也不为过。

"叫什么名字来着？"一位客人说道，"那个帮佣？"

"嗯，印象里……好像叫昭江？倒不知她姓什么。"

"是叫这个名字。听她在这里做了三十多年的帮佣。"

"毕竟待遇在那儿嘛。不过你不觉得吗？人心隔肚皮，她心里到底打着啥主意，谁也说不清啊。"

"嘘——"

恰在此时，众人刚刚聊到的那位帮佣推着载有咖啡壶和红茶壶的手推车进来了："让诸位久等了。"

帮佣给众人添了一圈茶水之后，屉林彩子也回来了。

"太太，来杯红茶如何？"

彩子没有回答，而是径直走到沙发旁。"啊？"她突然转过头，"嗯……已经冷掉了。麻烦你把杯子也换一下。"

"遵命。"

昭江把彩子的杯子收到手推车上。

远处传来轻微的门铃声。

"是客人吧。"

听到门铃声，昭江快步走出去。

客厅里沉寂下来。

女主人彩子闭口不言，似乎在思考什么。

在这场每月例行的晚餐会上，彩子似乎忘了客人们的存在，独自陷入沉思。这状况已经不是一次两次了。

少顷，昭江回来了。

"太太。"

"是哪位来了？"

彩子问道。

"这个嘛……"

昭江欲言又止。

"没事，说吧。"

"是警察。"

"好，你带他们到会客室去。"

"遵命。"

昭江离开后，笑容终于回到了彩子的脸上。

"万分抱歉。今晚暂时到这里吧。今天突然来了几位客人，想必是为了我丈夫的那场事故。"

彩子说了"结束"，就必须结束了。

"那么，下次见……"

"真的很开心呢。"

"承蒙款待。"

嘴上这样说着，众人纷纷站起身。

"抱歉。我就不送各位了。"

彩子也站起身。她稍稍致意，便立刻快步离开了。

"看情形似乎不对劲？"

六位客人一边相互点头致意一边走出客厅，向玄关而去。

"我稍微去一下洗手间。"

一位客人说道。

"嗯，我也要去。"

客卫在玄关附近。

这时，只见昭江带着两名男子从玄关走进来。

"诸位要回去了？我立刻安排车辆。请稍等片刻。"

　　昭江把两名穿西装的男子带进了会客室，之后又赶忙打电话叫了出租车。

　　"刚才那两人……是刑警？"

　　"似乎是。但看起来又不是很像。"

　　"我说，高个儿那个是溜肩膀，看起来性格应该挺温和。"

　　"确实。这种体形的男子挺适合去当演员男扮女装。"

　　众人一边等待着轮流如厕一边有一搭没一搭地闲聊。

　　"车子要稍等一阵才到，请诸位先去歇息室吧。"

　　说着，昭江伸手打开进入玄关后正对面的那扇门。

　　就在这时，房门里传出了尖锐的破裂声。

　　一瞬间，众人都面面相觑，却没有一个人迈步。

　　两名刑警立刻从会客室冲出来。

　　"刚才是什么声音？"

　　溜肩膀的刑警问道。

　　"不知道。是从歇息室里传出来的……"

　　"片山，"另一名身材魁梧的刑警开了口，"是枪声？"

　　"怎么可能！这宅子里哪里会有什么枪……"

　　不等昭江说完，叫片山的溜肩膀刑警打开了歇息室的门。

　　宽敞的西式房间正中央，屈林彩子仰面倒在地毯上。

　　"太太……"

"别进去。"片山刑警冲另外那名刑警叫道，"石津，快去叫救护车。"

"是！"

片山刑警则走进了歇息室。

众位宾客战战兢兢地透过打开的房门窥探屋里的情形。

彩子的右手握着一把小型手枪。她头部右侧的太阳穴处，鲜血汩汩流出，染红了地毯。

"是自杀啊。人已经死了。"

听了片山刑警的话，众人呆若木鸡。

"为什么太太会……"

昭江的脸色一片铁青。

"不清楚，我们也是来询问情况的。"

片山刑警说道。

"让大家久等了！"这时，刚刚从厕所出来的女子说道，"请吧……大家怎么了？不去厕所了？"

女子愕然的语调让本就沉重的现场氛围更加沉重了。

1　归国

　　飞机缓缓下降，机身稍稍晃动了几下。

　　轻微的晃动让迷迷糊糊的咲帆醒了过来。

　　"还有多久到？"

　　她冲着空姐问道。

　　"再过四十分钟左右就抵达成田了。"

　　"谢谢……那个，能给我一杯咖啡吗？"

　　"遵命。"

　　空姐微笑着说完，顺着机舱通道返回。

　　其实咲帆倒不是特别想喝咖啡。她只是想要点儿什么。

　　她按下调整椅背的按钮，让椅背稍微竖起来，之后又让它倒下去。这是她这辈子头一次坐头等舱。超过十个小时的飞行期间，虽然咲帆大体上习惯了这种感觉，但即便如此，她还是想把个人电视和DVD播放机之类的装置都逐一试用一遍。

　　"又不是小孩子了……"

　　咲帆在内心嘲笑自己的闹腾。

　　"让您久等了。"

其实没等多久。咖啡送来得如此之快，让咲帆有些吃惊。

"您要来点儿巧克力吗？"

反正不要钱！怎能拒绝呢？

咲帆伸手从银托盘上抓起两块巧克力，说了声"谢谢"。

川本咲帆现年二十五岁。

眼下，她正在返回阔别七年的日本。

"说是还要等大约三十分钟。"

石津跑回来说道。

"准时到达。"片山点点头，"怎么办？午饭过会儿吃？"

石津板起脸："如果不能在三十分钟内吃完……"

"这种事怎么可能发生在你身上？"

"不可能！"

石津一脸自信。

片山笑了。

"那就抓紧时间吃，上那家餐馆吧，这样最快。"

"赞成！而且有甜点吃。"

"我说这话可不是这意思啊……"

餐厅里大概坐了一半的顾客。

"大份抓饭！"

石津毫不客气地点了单。

"喂……"

片山用手肘捅了捅石津。

"三人份，一起的。"

突然，身后伸来一只手，把一张万元大钞放在收银台上。

片山吃了一惊，赶忙回头。

"啊，你是……"

"上次承蒙照顾了。我是唐泽惠美。"

身后站着一名体形纤瘦的女子，一身深蓝色西装服帖得看不到一丝褶皱——这样的形象，估计看到的人都会相信她一定是个有能力的秘书。

"这怎么成？"

片山说道。

"不是我个人替你们付账。作为BS集团的员工，这种时候怎么能让两位刑警来付账呢？"

三人身边还围站着其他到前台来付账点单的顾客。在这种地方抢着买单似乎有些不体面。

"好吧，那就下不为例哦。我们可是公仆，没道理让贵公司请我们吃饭。"

"行。"

　　总之，片山二人和唐泽惠美从前台接过餐点，到店内深处的一张桌子旁坐了下来。

　　"片山先生，你还真是够较真儿的。"唐泽惠美说道。

　　"原则这种东西，只要打破一次，就必然会有第二次、第三次嘛。"

　　"请用茶。"唐泽惠美倒好三杯茶，放到了两人面前，"这可是免费提供的哦。"

　　片山一笑。

　　"那我就不客气了。"说完，伸手拿起了其中一个纸杯，"今天来接机的只有你一个？"

　　"对。"唐泽惠美点了点头，"任何一名干部出面，媒体都会立刻嗅到风声，蜂拥而至。"

　　"的确如此。公司里的情形怎么样？是不是都冷静了？"

　　"表面上大致如此，不过内心还是各怀心思吧。"

　　片山是警视厅搜查一科的刑警，身形瘦长，是溜肩膀。

　　与他同行的是石津刑警，结实的身材十分优越。他还喜欢上了片山的妹妹晴美……

　　"老实说，彩子夫人去世造成的打击还没有完全消除。"

　　惠美边吃边说。

　　"能理解。毕竟才过了不到一个月嘛。"

"而且，她竟然会自杀……在那种状况下，难怪有人会怀疑她丈夫宗佑的死或许和彩子夫人有关联。"

"眼下还没有证据可以这么说。"

"我知道。彩子夫人为什么要这么做……"

片山轻轻叹了口气："我和石津刚赶到，紧接着就发生了那样的事，确实不由得让人在意啊。"

"可是你们当时不是去抓捕她的呀。"

"没错。但我们事前没有联系，那个时候突然造访……"

"你就别再在意这些了。彩子夫人可不是胆小怕事的人。"

"谢谢理解……"

片山微微一笑，继而又吃了一惊——自己的那份此刻连一半还没吃完，边吃边聊的唐泽惠美却已经把她的那份抓饭吃完了。可是看起来她吃得似乎并不是那么快啊……

"那么，"惠美站起身，"我先告辞。两位慢用。"

"好的……"片山还没完全回过神，呆愣愣地说道。

唐泽惠美来到接机大厅，抬手看了看表，又满意地点头。

要说此刻她心里有何不安，其实只是不确定自己是否能一眼就认出川本咲帆来。虽然此前曾经看过对方的照片，但那照片已经是五六年前拍的了。

可是，变化应该不会太离谱吧……惠美相信自己的直觉。

她站在大厅里，远远地看着从内门走出来的归国人士。

"你不如拿个牌子写上名字吧？"

身后传来了说话声。

惠美没有急忙回头。她很清楚说这话的到底是谁。

"你来干吗？"

她慢吞吞地扭过头说道。

此时已是十二月，薄大衣似乎不足以御寒，但那名男子还是一脸皮笑肉不笑地站在惠美身后。

"当然是来恭迎大驾。"男子说道，"你不也是一样？"

惠美很清楚，此时再想蒙混过关估计是不可能了。

"你是从哪儿听说的？"

"没听谁说。只是跟在你后边罢了。"

"跟着我？"

"要想悄无声息地迎接川本咲帆回国，自然只能派你了。"

真的假的？惠美回头看了看大厅，确实没有看起来像是媒体方面的人。

"你是有什么话要跟咲帆小姐说吗？"

"我可没这种想法。你应该也不会说什么吧？"

"估计是。不管怎么说，保护咲帆小姐是我的工作。"

"保护她？为什么要保护她？"菊池浩安一脸嘲讽，"要保护的应该是和她相遇的人吧？"

"这些话就不要在这里说了。"

"我知道，你还是老样子，不苟言笑。"

惠美看了看菊池那身略显邋遢的打扮，说道：

"你这件大衣三年前就穿过了，该去买件新的了。"

"没钱嘛。不管怎么说，无论哪家杂志社，一看到我这张脸就不愿意买我写的报道了——由于某些人的施压。"

"不是我哦。"

"你心里清楚。"

这一点，惠美没法否认。

"你现在靠什么过活？"

"靠别人养着呗。嗯，说起来，就像个吃软饭的。"

"你是指……"

"胡桃，会田胡桃。"

"她啊……你俩在一起了？"

"嗯。最近一年来都在一起。"

"是嘛……"

菊池浩安应该三十岁了，比惠美大两岁。

"可是……"菊池问道，"到底发生了什么事？彩子居然会自杀？还是用手枪……"

"你要是知道的话，我还想问你呢。"

菊池直勾勾地看着惠美："你真的不知道？别跟我打官腔了。"

"对，我不知道。公司里已经乱成一锅粥了。"

菊池看了看航班抵达的出口，说道："与世无争、清高脱俗的彩子居然……人哪，还真是心里都带着点儿黑暗呢。"

惠美也硬生生地把头扭向同一方向。

"我说……你找个地方好好上个班吧？你现在这副模样，比先前显老了不少呢。"

她似乎再也忍不住了，开口劝道。

"你还是老样子，"菊池微微一笑，"其他人难以启齿的话，你总能很轻松地说出来。这是你最大的毛病哦。"

"我可是很担心的。你是不是身体哪儿不舒服？你也挺累吧？不嫌弃的话……今晚找个地方一起吃饭？"

菊池平静地摇了摇头："你的好意，我心领了。这么做的话，我就要对不住胡桃了。不是吗？"

"嗯，你说的也是。"惠美稍稍低下了头，"只不过……你还是好好找医生看看吧。要是一病不起，胡桃就麻烦了。"

"谢谢关心。"菊池的话语中带着几分讥讽，"先不聊我的事。可不能耽误了亲眼见见新代表的正事。"

"你这才叫瞎操心呢。"

惠美反唇相讥。

就在这时，片山和石津来了。

"啊，也算是赶上了。"

"片山警官，这位是记者菊池浩安先生。片山警官和石津警官，这两位是刑警。"

"刑警？刑警上这儿来干吗？"

"彩子夫人去世的时候，他们两位也在现场。"

"是这么回事啊？我是菊池。"

"来采访吗？"片山问道。

"是这么想的，只不过报道写出来之后没地方登呀。"

菊池把自己的名片递给片山。

"菊池先生曾经任职于BS通讯机公司，当时他可是产品研究员里的精英。"

"行了。"菊池皱眉，"看，航班已经到了。"

"是啊。再过一会儿，人就要出来了。"

片山觉察到这个叫菊池的男子和唐泽惠美绝不是单纯的朋友，但他并没有追问。

即便航班已经抵达，但毕竟有入境审查等手续要办，还要去取托运的行李，应该要稍微多花一些时间。

"莫非……"菊池似乎突然想到了什么，开口问道，"刑警到这里来接机，不会是川本咲帆会有什么危险吧？"

"倒也不是……是关于她父母的死，我们有些情况要找她了解一下。"片山说道，"唐泽小姐先前跟我们说，等她接手BS集团的工作之后，估计就没时间跟我们详谈了。"

"是吗？那就好……我还以为她也被盯上了呢。"

"不管怎么说，"惠美笑了笑，"BS的那些干部和屈林家的人都不会对川本咲帆心怀好意，可也不至于动手杀人。"

川本咲帆是已故屈林宗佑的女儿。

彩子去世前，人们甚至不知道还有她这么一号人物。彩子死后，众人打开了彩子的遗书，才发现屈林宗佑的遗书。遗书里写道，宗佑和彩子结婚前曾和其他女人生有一女，这个女儿就是川本咲帆。

宗佑在遗书里指示，自己死后要把BS集团全权交给妻子管理，但万一妻子也早亡，就由川本咲帆继承一切。关于这件事，彩子在遗书里同样写得明明白白，川本咲帆确实是宗佑的亲生女儿。

不必说，这件事自然会在BS集团掀起轩然大波，媒体甚至拍了一段视频，名曰《灰姑娘现身》。视频中的焦点人物川本咲帆在德国念大学，毕业后在当地打工，现年二十五岁。此事在媒体上曾炒作过，站在BS集团的角度，也必须遵照宗佑生前的遗愿才行。

就这样，在德国过着穷日子的二十五岁姑娘，突然有一天，有人把一张头等舱的机票递到她手上，让她回国。

以前曾给屋林彩子当过秘书的唐泽惠美，以后将成为川本咲帆的秘书，所以她今天才会到机场来迎接咲帆。之所以只身前来，是顾虑万一媒体得知咲帆的航班信息，估计会蜂拥而至。

"差不多该出来了吧。"惠美说道。

两三名乘坐同一航班抵达的旅客从出口走了出来。

惠美逐一审视着这些旅客的长相。

"喂！"菊池突然说道，"是媒体的人。"

"咚咚咚……"地下轰鸣般的声音响起，电视台摄像机和几十名记者一同跑过来。

"为什么……"惠美不由得愕然，"是你……"

"不是我。"菊池一脸愤然。

可是，既然对方已经来了，就没有理由把他们赶走了。一瞬间，惠美被摄像机镜头团团围住了。

"为什么要保密？"

"在机场召开记者见面会吧！"

被众人吵吵嚷嚷的声音裹挟着，惠美最终只得扯起嗓门喊道："请等一下！咲帆小姐当下还不是很清楚状况！请你们不要吵闹不休！"

虽然惠美说了这些话，但现场已经完全失控了。

"是她吗？"片山问道。

抵达出口出现了一位推着破旧行李箱的年轻姑娘，她紧张地看了看机场大厅。

"是她。"

菊池说道。

"你去保护她。如果被这些记者围住就别想走了。"

片山冲石津吩咐道。

"是！"

石津一溜儿小跑地向那姑娘跑去。

"那个……"

"是川本咲帆小姐吧？"

"对。"

"我来给您拿行李箱。"

说着，石津伸手拿起了姑娘的行李箱。

媒体的人这时也觉察到了。

"就是她！"

他们纷纷叫嚷着。

就在这时，一名穿灰色大衣的女子向川本咲帆冲过去。

石津也意识到了。片山看到女子手里寒光一闪。

"危险！"

片山叫道。

石津挡在了咲帆身前。

女子将利刃猛地往前一送，伤及石津的侧腹。

"石津！"

片山也冲了过去。穿灰色大衣的女子连忙转过身，衣角翻飞，女子飞一般地逃走了。

"片山！"

"石津……"

石津捂着自己的侧腹："怎么说呢……好痛。"

说完，踉跄着往前走了两三步，停下了脚步。

石津捂住伤口的手的下方渗出了鲜血。

咲帆脸色铁青，呆愣在原地不知所措。

"振作点儿！"片山一把支撑住石津，"你没事吧！"

"那个……有止血绷带吗？"

说完，单膝跪地，蹲下了。

媒体人士哑然失声，远远地呆望眼前的一幕……

2　阴谋

"哥！"

听到叫声，片山扭头一看，只见妹妹晴美和三色猫福尔摩斯冲过医院的走廊。

"哥，石津被捅了？"晴美问道。

"嗯。不过只是侧腹被伤到，倒也没有性命之忧。"

晴美重重地舒了口气："太好了！看到短信，我吓了一跳，就赶忙过来了。"说着，她瞪了片山一眼，"哥，你当时不是就在旁边？怎么还会出这种事？"

"我能有什么办法？我也没想到会出这种事啊？"片山回嘴道，"要是没让石津去，被捅的就是那个姑娘了。"

"你是说那个灰姑娘？下手的那个人呢？"

"现在只知道是个女的。当时我在斜后方，没看清长相。"

"逃走了？你怎么不去追啊？"

"我担心石津的伤势啊，而且当时大厅里的人很多……"

"唉，算了。不管怎么说，幸好石津没出大事。"

"你要是去见见他，他会更开心。"

"嗯。"晴美点点头，"福尔摩斯，我们去见石津。"

"喵——"

"你能代我吻一下石津吗？"

"你够了。"

"开玩笑啦。"

晴美的模样看起来根本不像是在担心恋人。

"病房在哪儿？"

"这边。"

片山走在前边给晴美带路。

晴美睁圆了眼睛。

"居然是特别病房？"

"刚开始是普通病房，后来BS集团的人打了招呼，才转到特别病房的。"

"啊，这……一天得花好几万吧？"

"说是全算到BS集团账上。"

"真不错。要不，我也来住几天？"

"你以为是来温泉旅行的吗？"

连房门都和其他的病房不同，是实木的。

走进病房，感觉跟宾馆的总统套房一样。

不光有沙发，连陪护人员用的床也都准备好了。浴室，厨房……一应俱全。

"比石津的家还宽敞。"晴美感慨道，"石津……"

或许是点滴里混有止痛剂的缘故，本来石津一直是半睡半醒的状态，但一听到晴美的声音，立刻睁开了眼睛。

"晴美！你是特意来看我的吗？"

"当然了，我哥差点儿被捅了。还疼吗？"

"嗯，多少有点儿……可这也是工作需要嘛。"

"福尔摩斯也来看你了。"

说着，福尔摩斯纵身一跃，跳到了病床上。

"喵——"

温柔地冲石津叫了一声。

"谢谢……太劳师动众了。"

石津多少有些恐猫症，但只要晴美在一旁，就不怕了。

"你要好好养伤啊。"

"那可不行！明天我还得出院参加搜查呢……"

"瞎说。"片山说道，"你这伤至少得住院一周。"

"我会每天都来看你。"

"这样的话，叫我躺一个月、一年都行。"

"想得美。"

片山笑着说道。

这时，房门开了，

"片山警官……刚才真是多谢您了。"

说着，唐泽惠美走进病房。

"哟，后面的事都处理好了？"

"嗯。所以呢……咲帆小姐说，一定要我带她来向那位刑警表示感谢……"

说完，惠美退到一旁，川本咲帆战战兢兢地走进病房。

片山稍稍吃了一惊。

回国还不到数小时，咲帆像彻底变了个人似的。

以她的年龄，这身打扮似乎稍显朴素，但浅紫色西装很适合她，头发也打理得一丝不乱，看不出长途旅行的疲惫。

或许是惠美想得周全，总之，甚至能从咲帆身上感受到她拥有了某种个人风格。

但是，性格不是那么容易会改变的。

"你好……真是万分抱歉。"说着，咲帆犹犹豫豫地走近石津的床旁，"为了我，居然……"

"这是我们的工作嘛。"片山说道，"您没事就好。"

"嗯……为什么要冲着我来呢？我什么都没做啊？"

咲帆打从心底里感叹道。

"今后也请多多关照。"惠美向片山说道，"当然了，我们自己也会多加留心。"

片山什么话也说不出来。刑警可不是保镖。

"都是因为我，让别人受了伤……石津警官，您可别记恨我啊。"咲帆说这话的时候，似乎快哭出来了。

"这您就不必在意了。"石津说道，"我的身体结实着呢。就这么一两下，倒也杀不死我。"

"可是……"

话说了一半，咲帆站在床旁……

突然，咲帆弯下腰，在石津的嘴唇上亲吻了一下。

所有人一下子愣住，还没回过神来，咲帆就冲出了病房。

只有一个人泰然自若，这个人就是唐泽惠美。她平静、如常地行了一礼。

"我先告辞了。"

说完，轻手轻脚地离开了病房。

晴美愣在原地。

"这叫什么事儿嘛！"房门关上之后，过了好一阵子，她才怒目圆睁，"突然这么一下，简直是失礼！"

"对……对不起。"石津说道，"我没来得及闪避……"

"我不是在怪你。"晴美皱着眉头，"下次不要救她了！"

"好。"挂断手机，"说是还有十分钟左右就到。"

圆脸男子说道。不光脸，连体形都胖得近乎圆形。虽然长了一张娃娃脸，头发却已经全白，所以整个人给人一种奇怪的失衡感，看起来颇为古怪。

"唐泽打来的？"另一个和他形成强烈反差、身形消瘦、看起来似乎有些神经质的男子问道。

"嗯。说是咲帆小姐半路上恳求她，要她带着去探望一下那个受伤的刑警。"

"的确，要是咲帆小姐真的受伤了……"

"这种蠢事，到底是谁干的？"

一身鲜红色西装的女子焦躁不安地说道。

"别瞪我，又不是我干的。"

身形消瘦的男子说道。

"我没说一定是你干的，但我也没说一定不是你干的。"

"好了，你们就别在这里吵嘴了。"圆脸男子劝了一句，"咲帆小姐就要到了。调整一下情绪，好好欢迎她吧。"

似含深意的沉默在会长室里蔓延开来。

聚集在会长室的，是BS集团三大核心企业的领导。

体形肥胖的圆脸男子今井健一郎是BS电机的社长，现年五十五岁，他的高血压指标一看本人可知。

　　身形消瘦的男子佐佐木信宏现年五十三岁，是BS通讯机的社长。

　　穿红色西装的女子是负责BS集团海外业务的BS国际的社长北畠敦子，现年五十岁，能说流利的英语、法语和中文。

　　"再过十分钟？"北畠敦子问道。

　　"再过……八分钟左右吧。"今井健一郎说道，"毕竟唐泽是很准时的。"

　　"八分钟的话，那也足够了。"北畠敦子说道，"这事儿必须由我们来决定：今后怎么和咲帆小姐相处？"

　　"怎么相处？"佐佐木信宏皱起眉头，"事到如今还能不承认她是代表？"

　　"那是不可能的。媒体已经闹得沸沸扬扬了。"北畠敦子摇摇头，"而且媒体对咲帆小姐似乎颇有好感。"

　　"不管到什么时代，大众都会喜欢灰姑娘的故事。"

　　佐佐木苦笑道。

　　"总之，宗佑先生也好，彩子女士也好，都希望咲帆能继承他们的事业。我们的职责和使命就是落实他们的遗愿。"

　　今井健一郎说道。

　　"那当然。只不过……你懂的，我现在担心的是，让一个外行来插手我们各自的事业，一定会弄得混乱不堪。"

"倒也不至于。她只有二十五岁。"

"要是背后有人给她出主意，情况就不同了。"

"照你这么说，我们该怎么办？"

"对我们来说，最方便行事的状况就是让咲帆小姐成为BS集团的形象代表，让她只需要去面对媒体。同时，让她不要插手我们的工作。"

"话是这么说……"

"只要我们几个想想办法，未必不能办成。"

"这事儿……"

"能办成。不管怎么说，她对当下的状况完全是两眼一抹黑。"北畠敦子微笑道，"我说的没错吧？要是她有个恋人就好了，就无心工作了嘛。"

"有这么简单？"

"总而言之……"今井一脸严肃，"要让她知道作为代表需要做些什么，同时明白自己的立场和处境。"

"这一点，我自然清楚。只不过，我们也应该巧妙地利用媒体对她的关注度。"

"怎么？"佐佐木问道。

"别装蒜了，你那里明明最需要做这方面的工作。"

"你这么跟我说，我听不明白啊……"

"那么，好，首先，你要利用好信息网，查出先前刺杀咲帆小姐的人。"

"这个我知道。"

佐佐木一脸不情愿。

就在这时，有人敲响了房门。

"打搅了。"

房门打开，唐泽惠美探头进来。

"我们来晚了。这位是川本咲帆小姐。"

三位社长一起站起身。

一身西装的咲帆轻轻地走进会长室。

"等您很久了。"今井上前一步说道，"这是您的房间。"

"就是这里……"

"宗佑先生和彩子女士生前都是在这里办公的。"

咲帆环顾宽敞的会长室，问道："有电视机吗？"

厨房里飘出咖喱香气。

菊池浩安走进玄关，问道："喂，今天你不出去？"

"你回来了？抱歉！刚才没听到。"会田胡桃关掉煤气灶，"饭马上就好了。你想吃吗？"

"这个嘛……你呢？"

菊池脱下大衣扔到一旁。

"我本想吃了再出门……可是没时间了，我得走了。"

"那我自己弄。"

"别，让我来吧，花不了几分钟。"

胡桃拿出装咖喱的盘子和勺子，放到桌上。

"我只会做咖喱，抱歉啊。"

"很好了。"

菊池把椅子拉过去坐下。

"对了，今天不是那个灰姑娘在成田机场被一个女人行刺吗？我一看电视就发现你也在镜头前闪现了。真开心呢。"

"凑巧罢了。"菊池说道，"对了，今天我写的报道倒是卖出去一篇。"

"真厉害！"胡桃的眼睛散发着光彩，"要是评价好，说不定今后会让你写后续呢。"

"肯定没问题！"

二十四岁的胡桃脸上的笑容似乎比她的实际年龄年轻很多，她高兴得像是要跳起来。

"那我也一起吃了咖喱再走吧！"

随后，她拿出了自己的餐盘。

"抱歉。"会田胡桃一边吃咖喱，一边说道。

菊池浩安放下了餐勺："怎么了？你把什么东西弄坏了？"

"不是。我是说我做饭的技术，一点儿都没长进呢。"

"哦，这事儿啊。我没说什么啊，"菊池笑着说，"不过说起来，你做的咖喱和汉堡可是绝品啊。"

"谢谢。"胡桃微微一笑，"你真好。"

"说什么呢？"菊池伸出手，摸了摸胡桃柔软的头发。

"啊！我得出发了。"说着，胡桃站起身。

"我会收拾的，你先走吧。"

"抱歉，总是让你收拾碗筷。"

胡桃立刻便道了歉，而且她的歉意看起来确实是由衷的。

"东西呢？我帮你拿到公交车站去吧？"

"没事啦，又不沉。"胡桃穿上牛仔裤，披上马甲。

"你大概得明天才回来吧？"菊池问道。

"嗯，估计得到明天晚上了，那个导演总是很纠结的。"胡桃皱了皱眉，"再晚我也会回来。"

"有什么事的话，你打我的手机，我去接你。"

"嗯！那我出发了！"

胡桃出门了。楼梯上传来了"嗒嗒嗒"下楼的脚步声。

稍稍歇了片刻，菊池再次动手吃咖喱。

他有一种剪不断理还乱的心情。

"那种工作，不如干脆辞了！"

这句话，他说不出口。

如今的他全靠胡桃的收入糊口。

"咦？"

菊池的目光突然投向屋里的镜台。

镜台上放着胡桃总是带在身边的化妆小包。

"这家伙……"

是她忘了？嗯，倒也不是什么稀罕事儿。

菊池放下餐勺站起身。或许她还在公交车站。不过也可能是因为今天用不着，所以落下……

总而言之，还是给她送去吧。

菊池赶忙抓起那个小包，趿上玄关处的凉鞋走出房间。

这是一栋两层楼的旧公寓，楼里大概只住了一半的房客。房东说，最近这段时间准备把这栋楼拆了重建，再过两三个月就要让楼里的住户都搬出去了。

菊池一溜小跑地下了楼，来到公寓外。这里离公交车站只有五六十米。

走上宽敞的街道，公交车站立刻出现在眼前。可是……公交车站上等车的人影中并没有胡桃的身影。

奇怪……就在菊池心里犯嘀咕的当口儿，一辆汽车从公交车站方向开过来，是一辆鲜红的国产跑车。

车子从菊池身旁驶过。

一瞬间，菊池看到了副驾驶座上的胡桃。

胡桃一脸茫然地看着前方，没看到菊池。

菊池瞥了一眼开车的男子——戴墨镜，长发披肩，脖子上系着一条鲜红的围巾。

大体能猜测到，估计就是胡桃先前说的那个纠结的导演。

胡桃应该早就知道导演会开车来接她吧。不，说不定是对方自顾自地跑来的……

"无所谓了……"

嘴上这么说着，菊池把手里的小包抛到半空，又接住。

回到公寓，菊池继续吃咖喱。

这种日子什么时候才到头？

为了自己，胡桃做得够多了，自己还能这样依赖她到什么时候……可我还有必须做的事。无论如何不能半途而废。虽然说起来有些对不住胡桃……

会田胡桃是一名女演员。

话虽如此，实际上她不会演戏。实际上，她是那种既不需要演技也不需要台词的成人影片中的女演员。

因为身材娇小，长相可爱，而且不管场次安排得再怎么紧张，她从来不会面露半分难色，也从来没抱怨过半句，所以工作人员都挺喜欢她。

这一两年，她在这一行也算小有名气，几乎每个月都有新的片子推出。片酬自然也相应地上涨了，但其中的大部分都被菊池花费在做采访上。即便如此，胡桃依旧一脸开心。

可是……即便在这样的世界里，只要去工作，胡桃就没有权利选择对手演员。她只能任由不同的男人摆布，在摄影棚中工作人员的众目睽睽之下气喘吁吁。

站在菊池的角度，不能说一点儿都不感到心痛。

可眼下也没有其他办法——他确实没有其他办法。

菊池吃完咖喱，把餐盘端进厨房，开始清洗……

3　预言

　　"片山警官！"

　　尽管已经走进大厅，片山却不知该往哪儿走，正在四处张望，一个洪亮的声音叫了他的名字。

　　"哟，你好啊。"

　　看到唐泽惠美脚步匆匆地向自己走来，片山心里松了口气。

　　"抱歉，让您这么大老远跑来。"唐泽惠美说道。

　　"嗯，这是工作嘛，不管去哪儿，都得走一遭的。"

　　片山的目光在电视台大厅里打量了一圈。

　　"咲帆小姐在这里有工作？"

　　"当然是出演电视节目。"惠美说道，"我给您带路。"

　　说完，她率先走在了前边，一边走，一边接着说道："毕竟她是近来的话题人物灰姑娘，很多媒体都邀请她接受采访。虽然不能答应每个邀请，但也不能都推掉……所以呢，这家电视台和我们公司多少有点儿缘分，就决定到这里来。"

　　"原来如此。"

　　"只不过，因为在成田机场发生的案子还在调查，所以我们跟记者说了，叫他们不要在节目里提起。"惠美说到这里问道，"那位石津警官的伤势现在怎么样了？"

"说是明天就可以出院了。谢谢关心。"

"太好了！咲帆小姐挺担心他。"

"当时我妹妹可真是吓了一跳呢。"

"我记得是叫晴美吧？抱歉，她和石津警官订婚了吧？"

"啊，倒也还没到那一步……"

"因为咲帆小姐先前一直待在德国，在那边亲吻对方是很平常的行为。要是给您添麻烦了的话……"

"啊，是这样啊。我会跟我妹妹解释的。"

"就是这间摄影棚。"惠美停下脚步，"里面已经开始准备了。其他的事，我们以后再谈吧？"

"当然，我找个角落等你。"

"抱歉，这是直播的广角镜头节目，实在是……"

聚光灯下，一名看似助手的女子正站在川本咲帆身旁，向她说明情况。咲帆一脸紧张地点了点头，看到唐泽惠美之后，她才终于放心似的微微笑了笑。

"你说什么？"一个声音焦躁地吼起来，"怎么回事？"

整个摄影棚里骤然间鸦雀无声。

"只剩下十五分钟了！现在怎么办！"

大概是出了什么岔子。

这一切跟片山没什么关系，所以他一直站在摄影棚的角落里旁观眼前的一幕。情况似乎有些糟糕，工作人员也都着急起来，奔忙着。

"怎么回事？"看到唐泽惠美走过来，片山开口问道。

"这下麻烦了。"惠美苦笑道，"先前我就说过了，叫他们不要这么做。"

"啊？"

"你应该听说了吧，最近有个很热门的算命师叫东敏子。"

"嗯，电视上一整年都有她。"

"节目里准备了专栏，请她来给咲帆小姐算一下运势。可是现在东敏子走了。"

"为什么？"

"今天的主角是咲帆小姐，不是她。她为此似乎不乐意。"

"这可过分了。竟然就因为这么点儿事就走了。"

"话说回来，找个算命师来这样那样地乱说一通，恐怕也……听说临时决定把这个版块往后挪，抓紧时间找替代。"

片山不由得感到做电视节目也不是什么轻松的工作。

节目开始了。

川本咲帆一脸紧张地坐着，实际上不需要她说太多，节目里很长一段时间在播放视频，讲述咲帆如何成为灰姑娘。

"现在，您心里作何感想？"

即便被主持人如此提问，咲帆也只会回答这么一句：

"因为事情实在太过突然，所以我也说不清。"

倒也只能这么回答。片山在一旁看着整个节目的录制，心里想道。主持人的问题确实乏味到了令人哭笑不得的地步。反反复复地，主持人嘴里念叨的只有"继承了大笔遗产"这一句。

"大概有多少亿呢？"

就算问咲帆本人，她也无法回答。

片山扭头看了看唐泽惠美，只见她早已按压不住心里的怒火，一张脸拉得很长了。等节目结束之后，估计这些工作人员少不了要挨她一顿训斥吧。

节目进入插播广告时段，有人走进了摄影棚。

"喂，这边！"

制片人招了招手。

来人是个身穿奇怪花纹长衫的女子，头上还裹着方巾。

"这人是谁？"

"是算命师伊莎贝尔·铃木。"助手说道，"时间这么紧，只能把她叫来了。"

"先前都没听说过呀。"

"嗯。前不久在晨间节目里介绍过。"

"总而言之，事到如今，没办法。打字幕出来！"

这位被紧急请来的女子似乎也很紧张。

"那个……我该做些什么……"

"你给嘉宾看看运势，随便胡诌两句就行了。"助手拉起女子的手臂，"这边这边……你坐在这儿。"

简直胡闹嘛。片山不由得笑起来。

"对方是川本咲帆小姐，如今家喻户晓的灰姑娘。你应该知道吧？"

"灰姑娘？"

"时间到了！倒数十五秒！"

女算命师一愣，被众人留在了椅子上。

"接下来，是例行的《嘉宾的未来》专栏。"男主持人说道，"今天因为一些原因，很遗憾，预告的东敏子女士未能前来，但我们很荣幸地请到了当下炙手可热的算命师伊莎贝拉·铃木女士！"

聚光灯突然打下来，女算命师似乎吃了一惊。

"大家好……那个……我是伊莎贝尔。"

"啊？"

"不是伊莎贝拉，是伊莎贝尔。"

"啊，真抱歉。嗯，不过也不是什么大错！哈哈哈……"

把嘉宾的名字都搞错了，还说"不是什么大错"？

片山不由得同情起这个叫伊莎贝尔的算命师。

"接下来，就请您为今天的嘉宾川本咲帆小姐算一卦，看看等待着她的究竟是怎样美好的未来！"

咲帆在伊莎贝尔对面的椅子上坐下来。

"那么……请伸手让我看一看吧。"

说着，伊莎贝尔抬起咲帆的手……

就连片山都能看出来，伊莎贝尔的脸色一瞬间变得铁青。

"怎么会……"伊莎贝尔喃喃道，"您……今年贵庚？"

"二十五岁……"

伊莎贝尔睁大了眼睛，盯着咲帆的脸。

主持人惦记着节目余下的时间。

"好了，怎么样？"

催促着伊莎贝尔。

虽然伊莎贝尔也想挤出笑容，但她的脸已经痉挛了，表情变得极为古怪。"您……"伊莎贝尔用自己的双手包住了咲帆的手，"最近是不是遇到过差点儿送命的事，但最后逃过了一劫？"

"是的……"

"您的运气可真好。不过，死已经缠上您了。"

伊莎贝尔的一句话让整个摄影棚里的气氛凝固了。

"死？我会死？"咲帆一脸认真地反问道。

"我也不清楚，但是您身边最近会有很多人死去。您是不是最近刚从国外回来？"

"是的，我刚从德国回来。"

"死随着您一起来了。在德国应该也有您亲近的人死了。"

"怎么会？莫非……"

咲帆的脸色变得铁青。

"广告！快上广告！"不知是谁，甚至顾不得自己的声音会传入麦克风，高声地叫嚷起来。

"你胡闹什么？"制片人飞奔过来，冲着伊莎贝尔高声叫嚷。

"我……你们叫我算一卦，我就算了一卦。"

"哪有你这种在电视节目里说丧气话的人啊？"

"可我说的都是真的，"伊莎贝尔拼命辩解，"没撒谎。"

"下次你甭想上电视了！"

制片人一把揪住伊莎贝尔胸前的衣襟。

"你要……干什么？"

"把她给我从摄影棚里赶出去！"

这可不能坐视不管。

片山三步并作两步，冲上前拽住了制片人的胳膊。

"你住手！"

"少管闲事！你是什么人？"

制片人的胖脸已经因为愤怒而变得通红。

"我是警察。"

片山出示了证件。制片人无奈放开手。

"总而言之，这家伙简直胡闹！"

"你听好了。"片山说道，"把这位算命师叫来的是你们。不管她说了什么，责任都在你们。"

唐泽惠美也走过来，一把搂住愣在当场的咲帆的肩头。

"总而言之，我不该让您来参加这种节目。真抱歉。"

"没什么，"咲帆摇摇头，"她对我的情况一无所知吧？"

"咲帆小姐……"

"难道真的是我把死带来了吗？说到底，一切的根源是从彩子夫人的死开始的。"

"算命这类事，做不得准！好了，我们回去吧。"

主持人一下子慌了。

"请两位稍等一下！节目还没结束呢。"

"你们爱怎样就怎样吧。我要带咲帆小姐回去了！"

惠美瞪了主持人一眼。

就在这时。

"喂……好难受啊……"

制片人的声音像是从嗓子里挤出来的。

在众人讶异的目光中，制片人揪住自己胸前的衣服，肥胖的身躯瘫倒在地板上……

"您没事吧？"

唐泽惠美端来装了可可的纸杯递给咲帆。

"谢谢……"咲帆的脸色依旧苍白，她喝了一口可可，问道，"那个人……死了吗？"

"救护车已经来了。"

因骤然贫血而倒下的咲帆被众人送到了一间休息室。

"你怎么样？"片山走进来。

"片山警官，那个倒下的人情况如何？"咲帆问道。

"似乎……迟了。"

"那……"

"医生尽力了。他似乎原本心脏就不大好。"

"看得出来。"惠美说道，"咲帆小姐，你千万不要相信那个算命师的胡说八道。"

"可是……"

惠美包里的手机响了。

"是我的手机。"

咲帆说道。

出演节目的时候，她的手机交给了惠美保管。

惠美从包里拿出手机，递给咲帆。

"喂？……对！米拉？……对，对！"

咲帆用德语讲起电话。

片山心中感到有些不安，看了看惠美。惠美一脸严肃。

"纯粹巧合。算命这种事怎么可能准嘛！"她开口说道。

"什么？"

咲帆提高了嗓门。

之后她又说了两三句，然后挂断了电话。

"惠美。"

"出什么事了？"

"是我德国的朋友米拉打来的……说我在德国交往的男朋友汉斯被车轧了，死了……"

片山哑然失语。

"真可怜。"惠美说道，"不过交通事故不算什么稀罕事，是吧？"

咲帆似乎没把惠美的话听进去。

"我爸出事故身亡……彩子夫人自杀……汉斯被车子……连那个制片人也……"她喃喃自语，"正常情况下，一个人身边怎么会接二连三地死人？绝对不正常。这事儿绝不简单。"

"咲帆小姐……"

"你最好别接近我。"咲帆表情僵硬，"片山警官也是。要是接近我，就会死掉。"

"我倒无所谓。"惠美说道，"我是您的秘书。我会待在您身边，不管发生什么事，只要您平安无事就好。"

"你这个人啊……"

咲帆哭了。或许她的情绪还不大稳定。

"有关的事情，我下次再来询问。"

片山说道。

"没问题吗？"惠美向片山投来感谢的目光，"对了。要不，给石津警官开派对庆祝他出院？是吧，咲帆小姐？"

"挺好。"咲帆擦了擦眼泪，"石津警官喜欢吃什么？"

"他什么都喜欢吃。"片山当场回答道。

4　成员

"两位觉得味道如何？"

店主脸上带着一丝不安地问道。

"嗯，味道很不错！是吧，厚川？"

"的确！分量也恰到好处。"

"两位喜欢就好。"店主似乎松了口气，"请慢用。"

"谢谢。"

店主走开之后，今井瞳皱起眉头说道。

"根本不行。一点儿味道都没有。嗯，甜点的味道还好，算是些许的弥补。"

"确实。"厚川沙江子喝了一口咖啡，"这种套餐，价格也太贵了。"

因为不是当面抱怨，所以更加可怕。这两人的评价从明天起就会在那些太太的圈子里流传，成为盖棺论定。

"你见过她了？"

厚川沙江子问道。

"那姑娘？没有，还没碰面。"今井瞳摇摇头，"不过我丈夫倒是每天都会见到她。"

"今后到底会怎样啊？"

"嗯，要是她能识趣点儿，当个人偶供在集团的上层就好了。若她想自己出面做些什么事儿，那就让人头疼了。"

"不过她这么一个外行小姑娘，估计什么都做不了吧。"

"别有人给她出主意才行。"今井瞳点头说道，"唐泽正留意着呢。"

"有她在，应该没什么问题。头脑伶俐，人也机敏。"

对话稍稍停歇了片刻。

"对了。"厚川沙江子打开手提包，"说起来有点儿唐突，我弄到了后天歌舞伎演出的票。你要是不嫌弃，一起去？"

说着，她拿出票放到了桌上。

"后天啊……抱歉，最近这段时间有点儿忙。你拿去给其他人吧。"

"好吧。"

"你好心给我，真是抱歉啊。"

"不能这么说，是我太唐突了……啊，有短信来了。"沙江子掏出手机来看了一眼，"抱歉。"

说着，她站起身。

"是我儿子发来的。我去打个电话就回来。"

"嗯，你去吧。"

沙江子走到餐厅的入口附近按下了手机接听键。

"喂？……我才刚问过了。"沙江子压低嗓门，"今井家的太太说有些不方便……就是啊。应该是有什么图谋……不行，要是问她有什么事，会很奇怪的。她也会怀疑的……嗯，有必要的话就去做吧……那就先这样。"

准备挂断电话的时候，沙江子又说道：

"啊？……之后吗？嗯……这个嘛，晚一点儿也行……行啊。我和今井太太告辞后再联系你。"

沙江子的脸上泛起了红晕。

今井瞳向着服务生说道：

"上点儿咖啡吧？"

虽然戒烟一年了，但时至今日也还是会犯烟瘾，有时犯起来还挺严重的。

于是当烟瘾犯起来的时候就拼命喝咖啡，或者吃饼干。

主要还是因为焦虑——为自己的丈夫焦虑。

"其实……"

其实她丈夫应该已经爬到BS集团的高层了。

今井健一郎是BS电机的社长。即便在整个集团的企业之中，BS电机的规模和盈利都不是其他集团企业可以比肩的。

屈林宗佑和彩子相继过世，众人完全不清楚后继者将会是谁的时候，自然有人曾经推举过健一郎。

即便屈林家的财产是由财团等组织来管理的，但在这种时候，确实需要有个人出来掌管集团。

但今井健一郎感到有些犹豫。就在他举棋不定之际，川本咲帆出现了。

当时瞳曾忍不住对丈夫说："你抢先宣布就行了吧？"

今井却坚持说："这是宗佑先生的遗愿，我必须照办。"

事实上，如今BS集团确实是依靠着今井、BS通信机的佐佐木信宏和BS国际的北畠敦子三个人共同协商来运营的。

可以说，每当有机会成为集团的头号人物时，今井总是主动退避三舍的。

瞳之所以感到焦虑，原因正在于此。

为什么彩子会用手枪自杀？

那天晚上，今井瞳也受邀出席了晚餐会，当时的彩子似乎没有半点儿想死的预兆啊？

"抱歉。"厚川沙江子回到桌旁。

沙江子的丈夫是BS电机的部长，沙江子本人也是当晚在事发现场的人员之一。

"我们走吧。"瞳说道，"我有车，坐我的车走吧。"

"谢谢。不过我后面还要为儿子的事去见个人。"

沙江子说道。

说着，两人离开了餐厅。

专属司机把车开过来，接上了瞳。

"那就回见了。"瞳准备上车，"对了，唐泽跟我说，川本咲帆小姐打算循旧例，继续在那栋宅子里举办晚餐会。"

"好吧……不过说实话，这事儿让人心里颇有些抵触啊。"说着，沙江子皱起了眉头，"这样一来，就会回想起当时发生的事呢。"

"我们也没办法呀，而且，这也算是亲眼见识一下那个姑娘的好机会啊。"

"这么说，倒也是。"

"总而言之，说是第一次只是开茶话会。嗯，说起来，这下子晚餐会变茶话会了。"瞳说道，"至于日期，说是会再联系我们……那就先这样了。"

"谢谢。"

瞳坐进车里，叹了口气，然后冲着司机说道："回家。"

车子驶出一段距离，看不见沙江子的身影了。

"靠边停一下。"

瞳让司机把车子开到路边停下来。

稍稍过了一会儿，一辆出租车从后方开过来。没错，是沙江子坐的车。

"跟上那辆出租车。"瞳说道，"别让对方发现了。"

真是个容易被看穿的人。

沙江子这是去见情夫啊——看到当时沙江子脸上泛起的红晕，瞳就立刻明白了。

换作往常，瞳懒得去管这些事，但眼下是非常时期。

沙江子到底要去见谁？从对方的身份、立场来看，今后既有可能成为自己的友方，也有可能成为自己的敌人。

出租车在夜晚的街道上飞驰着。

跟踪在出租车的身后，瞳心里不由得期待起来。不知何时，她对烟瘾的顾虑抛到了九霄云外……

"那个……"

一名女子小心翼翼地开了口。

"什么？"片山停下正在吃饭的双手，"有什么事？"

"莫非……您是刑警？"

"嗯，差不多……"

"果然！"女子似乎舒了一口气，"今天太感谢您了。"

片山一愣，和片山一起吃晚饭的晴美则高声叫起来：

"啊！你是今天上了电视的那位算命师吧？"

"啊？"片山再次打量了一番眼前这位穿着普通毛衣的女子，"啊！确实！"

眼前的女子正是伊莎贝尔·铃木。

"不嫌弃的话，一起吃吧？"晴美出言邀请。

"可以吗？"

"当然可以……啊，当心桌子下边，福尔摩斯在那儿呢。"

"啊？"伊莎贝尔往桌子下边瞄了一眼，"啊！晚上好。"

她差点儿和三色猫鼻子碰鼻子。

"喵……"

福尔摩斯回应了一声。

今晚，片山兄妹是和石津一起出门吃晚饭的，只不过眼下石津离席去叫服务生再加些肉。

"让大家久等了！"没想到石津竟然自己动手端着肉盘子回来了，"与其下单坐等，不如自己动手拿过来呢。"

"你这模样看起来根本不像刚刚出院的伤者。"

片山苦笑道。

最后，三人一猫，加上独自前来的伊莎贝尔，一起吃了顿热闹的晚餐。

"说实话，那个制片人怪可怜的。"

伊莎贝尔说道。

"喵——"

福尔摩斯也在桌子下边表示了同情。

"我问一句，伊莎贝尔·铃木是您的真名吗？"

晴美问道。

"嗯。"伊莎贝尔说话时似乎稍稍有些羞愧，"估计你们大概看不出来吧？其实我爸爸是西班牙人。"

"哦？"

"我自小父母双亡……是在孤儿院长大的。"

听到这里，石津突然放下手中的刀叉："不过算命师这份工作倒也挺好的，能预测彩票的中奖号码吗？"

"石津，你这话有些失礼了。"晴美用手肘捅捅石津。

"要是能知道，那算命师还不都成大财主了？"

伊莎贝尔笑着说道。

"可是……"片山说，"您在电视台里说的那些话……"

"那些话真的都是我看到的。"伊莎贝尔说，"我确实挺傻的，居然会在电视上较真，把真话都说出来了。难怪大伙儿会不高兴。"

"可是你这么做不也是出于算命师的良心吗？"

晴美问道。

"不……也不完全是。我是在孤儿院长大的，总是不考虑他人的感受。我很不擅长讨好别人，不会说奉承话。"

"性格使然吧。"

"性格是有点儿别扭。当时也是如此。虽然我不知道自己当时面对的是咲帆小姐，但不管是谁，若有人当面对自己说什么'死已经缠上你了'之类的，肯定不会感到开心。我确实该考虑一下说话的技巧。"

"就算心里明白，实际做起来还是挺难的。"

"对。说到算命占师这一行，有的人确实什么能力都没有，就像个骗子。即便在有能力的人当中，也有能预感好事和能预感坏事的。我的能力似乎一直都是在预感坏事上，即便给人算命，对方也不会开心。"伊莎贝尔苦笑了一下，"这样一来，算命一方的精神压力也会越积越多。正是因为这个，我今天才会独自跑来吃烤肉。"

"不，能吃到烤肉就是一种幸福。"石津说道，"我也能预感自己明天至少要吃四顿饭。"

众人大笑，伊莎贝尔的心情似乎放松了一些。

服务生从片山他们桌旁走过时，伊莎贝尔突然叫住他。

"啊，稍等一下。"

"什么事？"

"你前面的地上有油。你如果径直走过去，会滑跤摔倒。"

"啊……谢谢提醒。"服务生一脸莫名其妙地看着伊莎贝尔，径直向另一张餐桌走过去。

果不其然，服务生立刻摔了个大马趴，托盘里的汤和肉散落一地……

"厉害。"片山睁圆了眼睛，"你事前就知道了？"

"如果对方不相信，就说什么都没用。"伊莎贝尔一脸落寞，"但凡是人，都不愿相信自己的未来有什么不好的事。"

"川本咲帆小姐会遇到危险吗？"

"就目前的情况来说，她本人暂时还不会遇到什么危险，"伊莎贝尔说道，"但是她身边将会有人死去。"

"嗯，不管怎么说，她的立场确实有些微妙啊。"

片山叹了口气说道。

"我可以问一句吗？"伊莎贝尔说，"我抬起咲帆小姐的手时……换作以往，一般能看到对方的父母。但咲帆小姐父母的身影却非常淡……她的父母现在情况如何？"

"她的父亲叫犀林宗佑，已经亡故了，生前是BS集团的大老板。她的母亲是一位名叫川本幸子的女子……"

"我记得似乎后来下落不明。"晴美说道，"让女儿去德国留学，自己就再也没出现过……"

"媒体说，她母亲眼下应该在什么地方活着。"片山说道，"只不过，咲帆小姐似乎不是很在意她母亲的事，想来母女之间应该发生过些什么。"

"是嘛，"伊莎贝尔一脸不可思议，"或许是我弄错了。"

"怎么？"

"咲帆小姐父母的事。当时我虽然感觉她父母的影子都很淡，但似乎应该还活着才对……"

"还活着？可屉林宗佑他已经……"

"嗯，一定是我弄错了。"

伊莎贝尔笑了笑，继续动手吃饭。

片山和晴美不由得对视了一眼。福尔摩斯也抬起了头，像是在聆听着众人的对话。

而石津一心只忙着吃……

出租车在一栋公寓前停了下来。

厚川沙江子付过车钱，匆匆地走进了公寓。

"停车。"今井瞳冲司机吩咐道。

车子在离公寓入口稍微远一点儿的地方停下，瞳下了车。

这是一栋随处可见的普通公寓。前台没有人。看起来并非那种二十四小时都有人在前台值守的高级公寓。

瞳瞥了一眼邮箱，其中似乎没有她认识的名字。不，应该说，这栋公寓的邮箱上，半数都没写名字。

怎么办呢？

厚川沙江子是普通的家庭主妇。若半夜回家，不管怎么说，都会很棘手吧。估计她必定是趁白天偷偷到这里来会野男人，抓紧时间亲热一番，然后匆匆赶回家。

既然如此，在这里等一下倒也无妨……

今井瞳还没拿定主意、站在大厅里的时候，电梯下行到了一楼，电梯门打开了。立刻，瞳条件反射似的冲了出去，藏身于大厅角落里的观叶植物花盆后。

或许是为了节省点儿电费，大厅里光线昏暗。想来对方应该不会觉察到自己。

"理佳！你等一下！"

男子的声音似乎在哪里听到过。

一个年轻姑娘一溜小跑地从电梯附近跑了出来。

瞳本来就觉得这人似乎在什么地方见过，立刻便想起对方是谁了。

"理佳！等等我！"一路追来、一把抓住了那姑娘手腕的正是BS通讯机的社长佐佐木。

"放手啊！"那姑娘甩动着手臂想要甩开佐佐木，"你赶紧回屋去！她还在等着你呢！"

"我说，你冷静点儿。我什么也……"

"你去跟妈妈解释吧。我又不是你老婆。"

这姑娘是佐佐木的女儿。瞳记得她似乎应该在念大学。

"我能理解你发火的原因，可是成年人的世界里有很多身不由己的事情。"

佐佐木胸口的纽扣开着，衣角也露在了裤腰外。

"我懂，我当然懂！你是想说，身为社长，在外面有一两个情妇完全是理所当然的，是吧？"

"我没这么说！只不过，你不是不知道你妈妈现在是什么样儿，我也觉得挺寂寞的啊。"

"什么！我妈妈之所以会去住院，说起来，不就是因为她撞见你和女秘书在别墅里幽会，被你们气的吗？"

"这……"

"别跟我说什么误会！这回又是因为我妈妈住院，你觉得寂寞了？你也太自私了吧！"

"理佳……以后我们再好好聊聊吧。"

"我不想听！"理佳正面瞪视着自己的父亲，"那个女人不是厚川的老婆吗？我去跟她老公说。"

"千万别！她有她的家庭……"

"你去照顾她不就得了？"

说完，理佳气冲冲地冲出了公寓。

佐佐木仍愣在原地。

电梯门打开，厚川沙江子下楼来了。

"佐佐木……"

"沙江子，抱歉。"

佐佐木无精打采地耷拉着肩膀。

"她怎么知道这栋公寓？"

"我也不清楚。但……这事不能怪你，是我不好。"

"怎么会……事到如今，别再说什么怪你怪我之类的了。"

沙江子把脸埋在佐佐木的胸膛。

"总而言之……今天就……"

"嗯，先回去吧。"沙江子眼中含着泪光，"咱俩……不会就此结束了吧？"

"这……"

"求你了，别说我们就这样结束了。"

"嗯……我也不想就这么结束啊。"

两人的嘴唇紧紧地贴到一起。

远处的一台摄像机的画面中，清晰地出现了正在热吻的佐佐木和厚川沙江子的脸。

"这就行了……"菊池喃喃说了一句，随后停止了画面录制，"行了。"

通道的另一端，菊池端着摄像机。

厚川沙江子一溜小跑地从公寓里冲出来，匆匆离去。

佐佐木先回了房间。

过了片刻，今井健一郎的妻子瞳也从公寓里走出来。

"权力纷争？"菊池不怀好意地一笑，"最好把事情闹得再大点儿。"

就在这时，突然有人开口说道：

"是你吧？"

菊池回头一看，只见佐佐木理佳站在自己身后。

"先前告诉我这栋公寓地址的人？"

"嗯，是我。"

理佳的脸上还挂着泪痕。

"谢谢你。虽然不知道我爸爸今后会怎么样……但这样下去，我妈妈也太惨了点儿。"

看着眼前这个手足无措、不清楚自己到底应该把心中的愤怒和悲伤往何处发泄的理佳，菊池不由得感到一丝心痛。

"抱歉。"菊池说道，"我其实不想让你如此痛苦。"

"不必说这些话了。请你告诉我，你到底是什么人？"

"关于我，你最好还是别知道为好。"

"可是……"

"这么说不是为了我，而是为了你。"

"什么意思？"

"这件事很危险。你如果涉入其中太深，说不定有一天，危险就会降临到你身上。"

理佳直勾勾地盯着菊池："事到如今，别再说这些话了。请你告诉我。我觉得我有权询问。"

菊池稍稍沉默了片刻。

"知道了。"他点点头，"那么，能答应我一件事吗？"

"你说。"

"你能先把眼里的泪水擦掉吗？看着让人心酸。"

理佳一脸疑惑，但她还是掏出了手绢擦掉了脸上的泪痕。

"这样可以了吗？"

"可以的话，你再笑一笑？"

"你可别得寸进尺。"

说着，理佳不由自主地笑了。

"这样就行了。"菊池也微笑了，"走吧。你爸爸差不多要从公寓里出来了。"

"嗯，上哪儿去呢？"

"不知道。我也是没地方可去的人。"

菊池催促着理佳，走上夜色渐浓的小路……

5 死亡气息

"片山警官。"

听到有人叫自己，片山突然间醒了。直到这时，片山才发现自己睡着了。

"啊，失礼了。"片山摇摇头。

"没事。"唐泽惠美笑着说，"该道歉的人是我，让您等了一个小时。"

"啊，过了这么久啊。"片山抬手看了看表，"刚才等你的时间里，我大半都睡着了呢。"

"咲帆小姐在等您。"

片山从沙发上站起身来伸了个懒腰。

"喵——"

"哇！"片山差点儿吓得跳起来，"是你吗？福尔摩斯也来了啊？"

"石津警官也来了。"

"诶？说起来，石津上哪儿去了？"

"他在员工食堂，正在吃延迟的午饭呢。"

"那家伙……抱歉啊，明明我们都吃过午饭了。"

片山掏出手机，拨通石津的电话，

"吃好啦，正赶过去呢。"石津在电话里回复道。

"真是的，我们直接去咲帆小姐那里吧。石津正赶过来。"

片山和石津此时都在咲帆所处的BS集团总部大楼里。今天到会长室来拜会咲帆的客人数量也丝毫没有减少，无奈之下，打算找她仔细询问情况的片山他们不得不等了一个多小时。

来到宽敞的走廊上，往会长室走去时，石津赶了上来。

"片山！真没想到员工食堂也有如此美味的饭菜呢。"

石津一脸感慨。

福尔摩斯堂而皇之地从片山等人面前走过去。

片山之所以让福尔摩斯同行，是出于咲帆的请求。她说，要是福尔摩斯能"出现在身旁"，她就能毫不紧张地把想说的话都说出来。

"请进。"

唐泽惠美打开了会长室的门。

"欢迎。"

会长室深处的咲帆站起身来。

屋里很宽敞，整体的氛围和人们对会长室的通常印象完全相符，墙上挂的画也好，家具的样式也好，都完全符合这间屋子的定位，挑选得极为慎重。

"请坐吧。"咲帆走到沙发旁，"抱歉，让你们久等了。"

"不不，我们不该在您百忙之中前来叨扰……"

"要说忙，确实有些忙，只不过这些来客找我聊的都是毫无意义的事情。他们前脚走出去，后脚我就忘记是谁了。"

"所谓的工作，差不多都是这样吧。"片山微微一笑，"要是整天只想做些有意义的事，那么工作上反而不会有任何的进展。不论做什么行业，都会有白白浪费的日子啊。"

"也不能整天都在做完全没有意义的事啊。"石津插嘴补充了一句，"就像我这样。"

"喵——"

"福尔摩斯！可想死我了。"咲帆在福尔摩斯面前蹲下身，摸着它的毛，"每次看到它，我的心就会沉静下来。"

"喵——"

"福尔摩斯似乎也挺开心的。"片山在沙发上坐下，"今天来拜访您……"

这时，会长室的房门开了。

"听我说！"一名女子走进会长室，"啊……失礼了。"

"厚川，你突然这么闯进来，会给别人造成麻烦的。"惠美走到女子身旁，"即使找咲帆小姐有事，也稍稍等一下。"

"抱歉，我不是故意的……"厚川沙江子嘟嘟囔囔地说，"那……我先等一会儿好了。"

"请到外边等候。"

厚川沙江子走出会长室之后，惠美说道："失礼了。"又扭头对着片山说，"刚才那位是BS电机的部长太太。不知道是有什么急事……啊，抱歉，我这就去冲些咖啡来。"

惠美走了出去。

"真的，"咲帆说道，"没有惠美，我什么都做不了。"

"她确实优秀。"

"做事机灵、周到……啊，片山警官，您找我有什么事？"

"我想来问问关于您母亲的事。"片山说道。

"我妈妈……"咲帆低下了头，"她目前……下落不明。"

"这事儿，周刊杂志报道过，但我们还是想听您亲口说一说相关情况。"片山说道，"只不过我要提前说明，这并非正式的搜查。我和石津登门拜访时，屖林彩子夫人用手枪自杀了。这一点，直到现在我们都觉得有些介怀。"

"我知道。"

"因此，我们一直四处搜集与彩子夫人之死有关的情况。要是您不想聊，我们也不会硬逼着您说。"

咲帆点点头。

"我知道了。说起来，我说的这些不知道能不能帮上什么忙……"她稍稍思考了片刻，"我最后一次见到我妈妈是在高中毕业典礼那天……"

"咲帆！"

好友弥生向咲帆冲过来。

"哟！"

咲帆刚刚领了毕业证，从讲堂里走出来。

那是三月里晴朗、清爽的一天。

"今天谁要来？"弥生问道。

"嗯，我妈妈应该会来，但我不清楚她在哪里。"

提起毕业典礼，无论是谁都要流些眼泪的。咲帆原本不打算哭，最终还是免不了打湿了手帕。

动不动就哭鼻子的弥生更是哭得稀里哗啦。

"三年了……真是够短的呢。"弥生说道，"咲帆，大学那边的情况怎么样了？"

"嗯……毕竟我们家只有我和我妈妈两个人。去念短大的话，估计学不到什么。今后我会找个地方当事务员吧。"咲帆说道，"不过我担心到底会不会有地方愿意雇我。"

"是啊……如今连老爸他们都找不到工作呢。"

咲帆居住的小城经济萧条，商店街一半的店铺都拉下了卷帘门，人们戏称这条街是"卷帘门大街"。

高中毕业、既没有特殊技能也没有特殊关系的咲帆想找份好点儿的工作确实很难。

"弥生，你准备去东京了？"

"嗯，最后还是决定去念A学院。"

"这么棒？真好啊，独自闯东京。"

"估计会挺花钱的。有空的时候，你来找我玩吧。"

"谢谢。"

这句话不止停留在字面上。咲帆心里很清楚自己是否有余力到东京去玩……咲帆的母亲川本幸子今年四十五岁，独自经营着车站前的一家小吃店。经济萧条，同行的小吃店和酒吧接连关门，幸子的小吃店却获益于地段不错，算是勉强撑下来了。但咲帆心里很清楚，最近一段时间，客人少了许多，家里的情况很不乐观……

"弥生，你什么时候出发去东京？"

"这周末。我妈妈一起去，她帮我收拾屋子。"

"你们找好住处了？"

"嗯，暂时先找个公寓住一下，虽然只是一居室。"

"哇，好棒。"

"这房子是我爸爸亲自去东京给我看的，他说我一个单身姑娘，要想办法找个安全的住处。"

"你赶紧找个合适的男朋友吧。"

"那当然！啊，来了。"

说着，弥生的父亲走过来。

"啊，是咲帆啊，谢谢你。"

"没什么……"

"刚才我们看到你妈妈了，她好像有什么事，典礼进行到一半，她就出去了。"

"是嘛……"

"好了，我们走吧。咲帆，多保重哦。"

"你也是……"

弥生的父母顾不上咲帆了。

咲帆看了看四周，喃喃自语道：

"妈妈到底上哪儿去了啊。"

其他孩子都跟着父母一起回去了。只剩下咲帆。

这时，校门口有一辆黑色豪华车停下来。

在咲帆居住的这种小城市里，这样的豪华车是很少见的。到底是谁？

咲帆不由得怀疑起自己的眼睛。从那辆豪华车上下来的人怎么看都像是自己的母亲。

咲帆的母亲和车上的人稍微聊了几句，便一溜小跑地向咲帆跑过来。那辆豪华车开走了。

"咲帆，抱歉啊！"幸子气喘吁吁地说道。

"没事……"

"我看到你接过毕业证的那一幕了。"

幸子一身黑色西装，颈上戴着一条华丽的项链。

"刚才那辆车是怎么回事？"

"哦，是店里的客人。找我稍微有点儿事。"

咲帆立刻觉察到母亲在撒谎。她们母女俩相依为命，只要语调稍不对劲，咲帆立刻就能觉察出来。

"我说，我俩去庆祝一下吧。"幸子提议道。

之后，母女俩来到自家的小吃店附近，吃了顿中华料理，庆祝了一番。

"我说，咲帆。"幸子喝着啤酒说道，"说起大学……"

"我知道。硬着头皮去念，最后也落不到好结果。我会去找工作的。"咲帆一边吃炒饭，一边满不在乎地说。

"谁跟你这么说的？"

"不是说家里已经没有余钱了吗？"

"你也太小看你妈妈了吧？"幸子得意洋洋地说道，

"我会想办法让你去念大学的。"

"哎？可是……如今大学的入学考都结束了啊？"

"你说的是日本。"

咲帆大吃一惊："这话是什么意思？"

"以前你不是说过想去德国留学吗？"

"嗯……我都忘记了。"

"德国那边的大学是秋季入学吧？现在来得及。"

咲帆吃惊得说不出话来："妈……你是不是喝醉了？"

"这话说的！我知道自己在说什么。"

"你是说……叫我去德国留学？"

"只要你想去。"

"这……可是咱家哪有这么多钱？"

"包在我身上。"幸子开心地笑了……

翌日清晨，咲帆八点就醒了。

如今不用再去上学了，她完全可以再多睡一会儿……

"妈？"

咲帆坐起身，发现身旁的被子里没有母亲的身影。幸子都是下午挨近傍晚的时候才去小吃店，所以一般情况下，她会睡到中午前后。可是今早醒来，她的被子似乎没有睡过的痕迹。

尽管心里有些不安，咲帆还是爬起来，打开拉门。

母女俩平时吃饭的桌子上放着存折、印章和一封信。

"妈……"

咲帆赶忙拆开那封信。

信里是幸子的笔迹，开头的几个字是："给咲帆……"

估计吓到你了吧？抱歉。

妈妈要独自出门去旅行一段时间。就算我不联系你，你也不要担心。妈妈没事的。

估计这一去得过几年才回来了。你用这些钱去实现你留学德国的梦想吧。

一个人生活，要好好考虑饮食的营养均衡哦。

多保重。

幸子

咲帆简直不敢相信自己的眼睛。

"今天……不会是愚人节吧？"

去德国留学？哪里还顾得上这些！妈妈离家出走了……

咲帆打开存折，立刻吃了一惊。

昨天入账了一千万日元。

"什么嘛!"

咲帆不由得抱住了脑袋。

那天的咲帆坚信母亲一定会回来的,于是一整天都待在公寓里没出门。

她试着打母亲的手机,手机已经解除合约。

晚上,母亲依旧没有回来。咲帆肚子饿了,便出门到附近吃了点儿东西。

咲帆想过发布《寻人启事》,让警方帮忙找找,但留言里写着"出去旅行""不要担心"之类的字眼,警察不会管吧。

咲帆彻底不知所措了。三天里,她几乎一步没离开公寓。

可是手机没有接到任何消息。母亲就这样彻底消失了。

"后来我拼命学习,学会了德语,终于去了德国的大学留学。"咲帆说道,"我妈妈应该是知道我的手机号码的,我一直在等她的消息。"

"自那之后,真的再也没有任何消息?"

"嗯……至于那笔钱,因为我一直省着花,所以现在还剩下不少。"

"后来您母亲再也没有联系过您?"

"没有。要是我妈妈知道我现在的情况，估计她一定会联系我吧……"咲帆摇了摇头。

厚川沙江子被带到了一间会客室，她呆呆地坐着。

"怎么连茶也不端一杯？"

就在她感到无所事事，终于开口说话的时候，房门开了。

沙江子睁大了眼睛，

"啊，居然会在这里遇上你……"

她的脸上露出一丝笑意，但立刻便彻底收起了笑容。

"搞什么啊……"沙江子站起身来。

恐惧的阴影浮现在她脸上，她整个人僵住，无法动弹。

"你干什么……住手啊……求你了……"

沙江子无言地反抗，发不出任何声音。

直到对方伸来的手卡住自己的喉咙，沙江子才发出"救命……"两个字。

可是，她发出求救声的时候已经太迟了……

"抱歉，我来晚了。"

唐泽惠美推着手推车走进会长室。手推车上，咖啡壶里散发的香气立刻在屋里飘散开来。

"哦，闻起来味道不错啊！"

石津不由得叫出声来。

"有您这句话就好。"惠美微笑着说，"前会长是咖啡专业人士，这是她特别挑选的进口咖啡豆，只不过要冲满一壶还是得花点儿时间。"

惠美在片山、石津和咲帆面前摆上白色咖啡杯，把壶里的咖啡倒进杯里。

"我是一点儿都不懂得品鉴咖啡。"咲帆笑着说，"我甚至不由得怀疑自己是不是真的是屈林家的人呢？"

咲帆的话是一句无心的玩笑，但惠美脸上的笑容一瞬间消失了。片山不由得想起伊莎贝尔·铃木的一席话。

"过不了多久，您就会纠结了。"惠美说道，"一旦咖啡豆没了，您就会大声叫嚷，吩咐我到南美去买……"

"我可不会变成那副样子。"咲帆一脸不以为然，"只要惠美不在，这地方我一天也没法待下去。"

"这话说的，就好像不让你休假一样啊。"

"啊，会吗？"

咲帆的话像是慢了一拍，众人都笑了。

"喵——"

"抱歉，福尔摩斯也很喜欢咖啡，能让它也喝点儿吗？"

片山问道。

"我都没注意到呢！不喝牛奶，要喝咖啡？嗯，这只猫果然有些与众不同。我这就去拿盘子来给它盛一些。"

"啊，倒也不着急。猫舌头嘛，不凉掉，它是喝不下的。"

"知道了。"

惠美打开会长室的门。

"啊！"

立刻高声叫起来。

"怎么回事？"咲帆放下手里的咖啡杯，问道。

"您快来看！"

不等惠美有所行动，一名穿西装的女员工就连滚带爬地冲过来。"唐泽小姐！不好了！"女员工拔高了嗓门，"那个……那个……"

"怎么了？你冷静点儿！把话说清楚！"

听到惠美厉声呵斥，女员工稍微冷静了一点儿。

"会客室里……厚川太太……她死了。"

片山立刻跳起身。

"死了？"

"倒在地上……脖子上勒着绳子。"

"照这么说，是被杀死的？"惠美睁大了眼睛，说道，

"片山警官，这……"

"请带我过去看看。赶快报警，再叫救护车。"

"我知道了。"

听了片山的指示，女员工似乎稍稍松口气，冷静了几分。

"会客室在这边。"惠美率先走在前头。

会客室的门敞开着，门口呆立着个脸色铁青的男性员工。

"你们什么都别碰。"

说着，片山探头看了看屋里的情形。

刚才在会长室露过面的女子倒在地毯上，一眼就能看出已经死了。脖颈上的绿色细绳勒出了深深的印痕。尽管片山不是很想看到死者的面容，但当下躲不开了。

"沙江子……"

惠美呆立在那里。

"死者叫沙江子？"

"厚川沙江子。"

"啊！是她？"片山不由得高声叫起来，"屉林彩子夫人过世的时候，她也在那栋宅子里。"

沙江子的发型变了，片山一下子没认出来。

"为什么……"

"厚川女士跑来见咲帆小姐到底要谈什么？你知道吗？"

"不清楚……完全猜不出来。"惠美摇摇头，"我个人和她没什么交往……"

以防万一，片山又摸了摸她的脉搏。"不行了。"叹了口气，"既然她是在公司遇害的，那么……"

"怎么？"

就在这时，福尔摩斯冲着片山"喵——"地叫了一声。

"对了！石津，你赶快去阻止所有人进出这栋大楼。唐泽小姐，平常出入这栋大楼需要登记吗？"

"应该是需要的。"惠美说道，"出于保安的考虑，进出公司的人很多。"

可是片山不清楚厚川沙江子到底是在什么时候遇害的。当时应该有很多人进出这栋楼。

"跑业务的人要是被限制了出入，会耽误工作。"

惠美解释道。

"我明白。"片山立刻向石津下令，"要阻止出入是很难的，但你要把出入大楼的人都留下记录。"

说完，片山稍稍冷静了些。

"如果凶手是公司内部的人……"

"为什么……"

惠美在一旁不知所措地喃喃道。

就在这时，咲帆出现了。

"又出事了？"

"咲帆小姐。"惠美赶忙说道，"您最好还是别看。"

"不，我得看看。"

咲帆一脸严肃地站在会客室门口。

看到厚川沙江子的脸，咲帆的面色骤然变得铁青。

"都怪我。"

"咲帆小姐……"

"她先前想来找我说些什么，才导致被杀吧？"

"下手的是别人。"片山说道，"不能怪你。"

"可是……"

福尔摩斯"喵"地叫了一声，之后便凑到咲帆脚边。

咲帆蹲下身。

"福尔摩斯……你是在安慰我吧？谢谢你。"

说着，她伸手摸了摸福尔摩斯的毛。

就在这时，惠美突然一愣。

"厚川！"

语音未落，只见一名面色沉重的男子走了过来。

"会长好……"男子停下脚步，低头行了一礼，"百忙中，打搅您了。刚才今井社长叫我来跟您说……"

"厚川……"惠美说道，"你刚来？"

"啊？嗯，刚才我在外边跑业务。"

"这位是厚川龙治。"惠美冲着片山说道，"他是BS电机的品质管理部部长……"

"这么说，他就是沙江子女士的丈夫？"

"是的。"厚川一愣，"我老婆怎么了？莫非她给公司添麻烦了？"

"倒也没有……"

"厚川，你听我说。"惠美上前一步，"你太太死了。你要振作点儿。"

"啊？我老婆吗……"厚川睁大眼睛，立刻又笑了，"别逗我了！那家伙，就算有人要杀她，她也不会死。"

片山掏出了证件。

"我是警视厅的。尊夫人确实遇害了，就在这里。"

厚川一愣："沙江子吗？可为什么她会在这里……"

"我们也不清楚原因。你是否有什么头绪呢？"

"这……"厚川一脸困惑，"我老婆在哪儿？需要把她送到医院去吗？"

"厚川……就在这间会客室里……"

惠美伸手一指。

厚川迈步向会客室门口走去，探头往里边看了一眼。

"是沙江子。喂，你做什么呢？"

"她被人用细绳勒死了。"

"那……真的？"

"凶手或许是公司里的人。"

厚川似乎这才明白过来。

"沙江子……"话没说完，他已经呆住了。

6　内斗

鉴证人员调查会客室现场时，晴美赶来了。

"哥。"

"哟，你来了。"片山说道，"这里就是事发现场。"

"尸体呢？"

"还保持着原状。"

晴美探头往会客室里看了一眼。

"对了，你去陪陪咲帆小姐。"

"她没事吧？"

"我看她似乎很泄气。"

"也难怪。她现在人在哪儿？"

"在会长室。福尔摩斯在陪着她。"

片山催促着晴美，迈出了脚步。

"听说遇害者的丈夫也来了？"

"嗯，是BS电机的部长。虽然BS电机在另一栋楼，但他说是因为其他的事过来的。"

"他老婆来做什么？"

"不清楚。我只记得她似乎要来和咲帆小姐说些什么。"

"真是不可思议的案子。光天化日之下，竟然在公司里动手杀人。当时周围也有不少员工吧？谁都无法预测什么时候会有人路过啊。"

"或许这也说明当时事态紧急。"片山说道，"看样子，凶手很怕她和咲帆小姐见面。"

"但是，部长的太太是不是知道些什么？"

"不清楚……就是这里了。"

片山走进会长室，见咲帆正躺在沙发上和福尔摩斯玩耍。

"啊，片山警官。"

"您好好休息。"

"抱歉。有人过世了，我这样确实有点儿不大合适。"

"没这回事……"

咲帆坐起身。

"我没事了。多亏福尔摩斯陪在我身边，心情放松不少。"

"喵——"

福尔摩斯一脸认真地叫了一声。

"福尔摩斯还是个医生呢。"

咲帆摸着福尔摩斯的毛，说道。

"打搅了。"唐泽惠美走进来，"咲帆小姐，您还要参加派对，现在得出门了。"

"参加派对？在这种时候……"

"不管怎么说，这些都是我们公司内部的事。其他公司的人还在等着我们呢。"

"可是……"咲帆看了片山一眼。

片山突然有一种感觉，唐泽惠美似乎是有意把咲帆带到工作场合去。在这里待下去，她的情绪只会越来越低落。

"您出门走走吧。"片山说道，"只不过，您能让我暂时借用一下这里吗？"

"嗯，当然。"

"哥。"晴美说道，"我和福尔摩斯也一起吧？"

"那就拜托了！"

咲帆把福尔摩斯抱了起来，用脸颊蹭了蹭它。

"我过十分钟来接您。"

惠美示意了一下，准备转身离开。

"唐泽小姐！"

一名女员工喘着粗气冲进来。

"怎么了？"

"刚才我打开电脑，结果屏幕上……"

"屏幕？"

"所有人的电脑屏幕上都有,估计这里的电脑也一样。"
惠美大步走向会长的办公桌,动手打开了电脑电源。

稍稍过了一会儿。

"你是说这个?"惠美说道,"片山警官,请来看一下。"

片山等人也凑过来看了一眼电脑屏幕。

"是照片?女的是厚川沙江子,男的是……"

"是BS通讯机的社长佐佐木。"惠美说道。

照片上的两人正手牵手从貌似公寓的楼里走出来。

同一系列的照片有五六张。

"不管怎么看,两人的关系都不一般。"片山说道。

"莫非……"惠美叹了口气,"眼下佐佐木的老婆因为神经衰弱住院了,听说他老婆就是因为他出轨才发病的。"

"哥,"晴美说道,"她的丈夫会不会看过这些照片?"

"也是,或许厚川就是为了找他老婆盘问才到这里来的。"

"这些照片是什么时候传到电脑里的?"

仔细一想,厚川倒不大可能因为这些照片而下杀手。

"看样子,我们有必要去见一见这个叫佐佐木的。"
片山说道。

"您不如跟我们一起去参加派对吧?"惠美说道,"佐佐木也好,BS电机的今井社长也好,BS国际的北畠社长也好，都会出席派对。"

"可我不能丢下这里的事不管……"片山有些犹豫，"石津，后面的事就拜托你了。过会儿我还会回来的。"

"知道了。"石津一脸落寞，"那个……要是派对上的饭菜味道不错，给我满满地塞个便当盒吧？"

"我哪好意思给你带饭！"片山皱起眉头，"好吧，你也一起来吧。"

"我不是这个意思……不过如果你说要我一起去……"

听了石津的话，咲帆忍不住笑了。

"一起去吧。那家宾馆的宴席出了名的好吃哦。"

"好！"

石津的眼睛发光了。

的确，味道确实非常不错。

片山眼下却根本没心情关心食物。

"我是川本咲帆。"

咲帆一脸笑容，不断地和周围的人打着招呼。

租借宾馆的大宴会厅而举办的派对上，数百名来客把整个会场挤得满满当当。

"我们到大厅里待一会儿吧。"

晴美抱起福尔摩斯钻过人群的缝隙，离开了派对会场。

"真累人。"

晴美弯腰把福尔摩斯放到地毯上。

四五个年轻男女员工一脸无聊地站在前台附近。

"那个……"一名看起来二十三四岁的女子小心翼翼地开口道，"请问，佐佐木先生在吗？"

不管怎么看，女子应该都不是派对的客人。

"你只说佐佐木，我怎么知道是谁？"

前台的男子说话很蛮横。

"是BS电机的……啊，不对，是BS通讯机的佐佐木。"

"佐佐木社长的话，倒是来了。你是什么人？"

"那个……我是菊池的代理人。"

"代理人？有什么事？"

"这个嘛……"

"啊？"另一名男性员工看了看女子的脸，"莫非……你是会田胡桃？"

"不，那个……你认错人了。"

女子心里一阵紧张，脸上泛起红晕。

"果然！错不了。"

"谁啊？"前台的女子问道。

"反正和这场派对没啥关系。一个成人片女演员根本不可能会被邀请来参加这种派对。"男子笑着说，"莫非你是来秀一下裸体给客人助兴的？"

晴美走上前。"等一下，"她瞪着前台的男子，"不管人家做什么职业，既然来这里找人，就是客人。有你这么待客的吗？"

"你又是哪根葱？"

"我是川本咲帆的朋友。你给我赶紧去把佐佐木找出来。"

"你说什么？"

男子一下子拉长了脸。

和男子一起待在前台的女子赶忙劝解了一句："人家说得没错。你还是去找一下吧。"随后女子转过来说道，"抱歉，这事确实是我们不对。"

"没什么……我确实是成人片女演员。"

"一眼就能认出来，估计那家伙看了不少。"

听了前台女子的话，众人都笑了。

会田胡桃稍显羞涩地微笑了。

"啊。"

这时，唐泽惠美来了。

"你应该就是胡桃小姐吧？"

"那个……"

"先前和菊池在一起的时候，我们见过。"

惠美说道。

听对方这么一说，胡桃一脸开心，红了脸。

"是唐泽小姐吧？"

会田胡桃问道。

"是啊，你怎么到这里来了？"

唐泽惠美问道。

"我是替他过来的……说是让我找一个叫佐佐木的人。"

"替菊池来的？"

"是的。菊池从昨天开始有点儿发烧，躺在床上起不来。"

"嗯，我知道了。你等一下，我帮你把佐佐木叫出来。"

"不好意思啦。"

惠美转身回到了派对上，不一会儿，带着佐佐木出来了。

"你找我有什么事？"

佐佐木一脸不快。

"我是替菊池来的。"胡桃说。

"菊池已经从BS通讯机辞职了，还能找我有什么事？"

佐佐木一脸不耐烦。

"可是……那个，请借一步说话。"

胡桃催促着佐佐木向大厅的角落里走去。

"先前我哥找他问了有关厚川沙江子的事，他大概心情很不好。"晴美说道。

"那是他咎由自取。"惠美说道，"那个会田胡桃对菊池毫无保留，对他挺好的。"

比起佐佐木，惠美似乎更在意病倒在床的菊池……

"你说什么？"

佐佐木高声惊叫。

会田胡桃到底说了什么让佐佐木如此吃惊？惠美一脸狐疑地看了看佐佐木和胡桃。

"这事儿跟我无关！"

佐佐木火冒三丈地冲着胡桃丢下这一句，步履匆匆地朝派对会场走回来。

"发生什么事了？"

惠美问道，但佐佐木没有回答，而是径自走进会场。

胡桃愣在原地，一动不动。

惠美一溜小跑凑过去。

"胡桃……"

"我只是把菊池要我带的话转告他。"胡桃一脸快哭出来的样子，"为什么他会发这么大的火？我什么都不知道。"

"没事。他就是个爱发脾气的人。"惠美说道，"菊池现在的情况怎么样？很糟糕吗？"

"他倒不是没事……"

"也是，正常情况下，他不会要你来帮这种忙的。"

"对，我也挺担心。他似乎烧得起不了床。"

"那应该挺严重的……胡桃，不管怎么说，还是菊池的身体要紧。我来安排，你让菊池住院看一看。"

胡桃没有丝毫犹豫，立刻点头说了声"好"。

"我也想一起去，可现在我必须陪在咲帆小姐身边……"

晴美听到这话，连忙说："唐泽，咲帆小姐的事，你不必担心，今晚我哥和石津都会陪在她身边。我会把咲帆小姐送回家的。"

"晴美，那就拜托你了？"

"嗯，包在我身上。"

"我去跟咲帆小姐说一声。"

说完，惠美向派对会场走去。

会场里，咲帆正往手上的碟子里放食物。石津在她身旁不远处，一边给她当保镖一边吃东西。

"都打过招呼了？"惠美走到咲帆身旁问道。

"还没有。你不在，我不知道该和谁打招呼。"

惠美叹了口气。

"好吧。不过我得临时去一个地方。"

"丢下我吗？"

"实在抱歉。"

"你要去哪儿？"

惠美说明情况之后，咲帆点了点头。

"就是先前到成田去的那个人？你的前男友？"

"为什么您整天只记得这些呢？"惠美一脸苦涩。

"好吧。我也一起去。"

"咲帆小姐也去？这可不行。"

"我需要你随时陪在我身边才行。反正两个人在一起，无所谓是谁陪着谁啦。"

惠美只能苦笑。

"会长……"这时，BS国际的社长北畠敦子走过来，"可以稍微耽误您几分钟吗？"

"我现在很忙。明天吧？"咲帆轻描淡写道，"那么，惠美，我们出发吧？"

"我也一起去。"

石津放下餐盘，赶忙追在两人身后。

北畠敦子愣在当场，目送咲帆等人走远。突然，有人从身后拍了拍她的肩膀。

是BS通讯机的社长。

"他们上哪儿去？"

"我也不知道。似乎不准备回来了。"北畠敦子说道，"厚川的老婆遇害一事，你怎么看？"

她稍稍压低了嗓门。

"关我什么事？"佐佐木移开目光，"他老公挺可疑。"

"是吗？"

"我也是听说的。"

说完，佐佐木耸了耸肩。

北畠敦子似笑非笑。

"你别装糊涂了。你俩的照片都被传到公司电脑上了。"

佐佐木脸色铁青。

"你们那边的电脑里也有？"

"只有我的有，其他员工的没有。"

"是吗？"

"但闲话是会到处传的。"

"嗯……"

"是真的？"

佐佐木左右瞥了瞥。

"嗯。"他点点头。

"人是你杀的？"

"别瞎说！"

"也是。你不会因为这点儿小事动手。"

"这话什么意思？"

"意思说，你这个人风流成性。"敦子说道，"为什么你这样的人会受欢迎？"

"爱怎么说怎么说吧。"

"不过现在你的那些照片被拍下来传到了公司电脑里。以你的立场来说，一定很头疼吧？"

敦子一脸认真地分析道。

"就是这里。"胡桃打开房门，"我回来了。"

说着，走进了公寓。

"菊池？"惠美叫了一声，"是我，唐泽惠美。你怎么样？"

胡桃开了灯。

"嗯。"菊池在被子里哼哼两声。听声音似乎有些痛苦。

惠美冲进屋。

"菊池！"她蹲下用手摸了摸菊池的额头，"烧得好烫！"

"叫救护车吧？"片山提议。

"不，开我的车过去。"惠美说道，"和我们公司签约的医院就在附近。没等救护车赶到，我开车就到了。"

"好。石津，来帮忙把人扶上车。"

惠美和咲帆走在前头，片山、石津、晴美和福尔摩斯一大帮子人都冲进了胡桃的公寓。

"交给我吧！"

石津进屋从被子里轻轻抱起菊池。

"抱上车！"

惠美冲出房门。

估计公寓里其他住户会大吃一惊，不明白到底是怎么了。

一行人匆匆来到公寓外，石津把菊池放进车子。

"咲帆小姐，真是抱歉。"

"没事，赶紧上医院。"咲帆说道，"我们随后到。"

"拜托了！"

惠美和胡桃陪着发高烧的菊池开车先走了。

片山他们和咲帆上了另一辆车，紧随其后。

的确，开到医院只花了五六分钟。

惠美开车果然超速得厉害，甚至闯了几次红灯……

"说是被感冒拖得严重了，恶化成了肺炎。"惠美说道，"还说最好能住院治疗一周……"

"抱歉，要是我能早点儿……"

胡桃开口道歉。

"你就别说这些话了。"惠美打断了她，"他自己也是个成年人。这是他自己的决定。不说这些了，我还得陪在咲帆小姐身边呢。你能陪着他吗？"

"嗯，当然！"

"可是你也要工作呀？"

"取消就行了。没事，我经常取消。"

"那就拜托了。"惠美轻轻握住胡桃的手，"住院费用方面，你就不必担心了。我会跟咲帆小姐说一声，让我们公司来出这笔钱。"

"可是……"

"但你千万别跟他说，知道吗？"

惠美冲着胡桃挤了挤眼睛，胡桃"扑哧"一声笑了。

片山等人都听到了两人的对话。

"惠美真不错啊。"咲帆说道，"能把以前的男朋友托付给现在的女朋友，我可做不到。"

等待胡桃返回公寓去拿换洗衣物时，惠美说道："咲帆小姐，不好意思，这边办住院手续要花点儿时间，您能等我一下吗？"

"当然。需要我给你签些什么吗？"

"费用由我个人承担。"

"可你刚才不是跟胡桃说……"

"我不那么说的话，胡桃就更可怜了。他不是我们公司的员工，住院费用不可能由公司来承担。"又补充了一句："没事，别小瞧我，我也是攒了点儿钱的。"说完，她匆匆向护士站走去。

说是要办住院手续，但这个时候，窗口早就关闭了。正式的手续恐怕至少得等到明天才能办。

"真能干。"晴美说道。

"喵——"福尔摩斯表示同意。

"菊池怎么会从BS通讯机辞职呢？"晴美问咲帆。

"我也不清楚……"咲帆说道，"就算我问惠美，她似乎也不会告诉我。"

片山看了看表："暂时先回BS集团大楼吧。不知现场怎样了……"

"也是。为什么厚川沙江子会遇害呢……"

"首先要找她丈夫好好地问问才行，和佐佐木之间的谈话没什么结果呢。"片山说道，"竟然敢在公司行凶，想来一定会被谁看到。"

"目击者?"

"就算没看清楚凶手,也至少会看到行迹诡异的员工或擦身而过的客户……总而言之,要是有什么线索,希望他们都能告诉我们。明天就通知全公司,可以吗?"

"嗯,如果是为了找出凶手,可以。"咲帆说道。接着又说:"对了,原本我还想把厚川太太也叫去参加茶话会,现在只能减少一个人了。"

"茶话会?"

"我想把彩子夫人召集的晚餐会成员都叫来参加,但如果还是以晚餐会的形式,说不定会让人联想起那桩案子。"

"也就是说,您要把彩子夫人自杀当夜在场的诸位都叫来?我记得似乎共有六个人。"

"对。沙江子死了,只剩五个了。"

片山稍微思考片刻。

"能请您告知所有人的名字和身份吗?"片山说,"当时的情形明显是自杀,所以我们没有做太多调查。"

"好。惠美会联系你的。"

就在这时,惠美回来了。

"您又给我增加工作了,是吧?"她问道。

片山解释了一下。

"我知道了。"惠美点头道,"既然如此,不如请片山警官他们也参加茶话会吧?我们准备从这个周末开始第一场。"

"哦,是这样吗?"咲帆问道。

惠美笑着说道:"咲帆小姐,您开始有社长的派头了。"

"喵——"

福尔摩斯调侃似的叫了一声。

7 半夜

面前放着一份名单。

上边写着六个人的名字。

有人动手用红色记号笔缓缓地划去了名单上的一个名字——厚川沙江子。

然后，一脸愉悦地看着名单上剩下的五个名字……

"您回来了。"昭江迎上去。

"我回来了。"咲帆走进宽敞的玄关大厅，"请进吧。"

"打搅了。"晴美走进屋，"嗯，看样子应该不会特别打扰，毕竟房子这么宽敞。"

"喵——"和自己家一比，这宅子的宽敞程度连福尔摩斯也不由得叹了口气。

"请，这边是客厅。"咲帆说道。

福尔摩斯在正对面那扇紧闭的门前停步。晴美注意到了。

"这里是……"

"是休息室。"昭江回答道，"彩子夫人是在这里过世的，就一直关闭了。"

"啊，就是这里啊。"

晴美等人被带到了客厅，那里宽敞得又让人大吃一惊。

"以后我准备在这里召开茶话会。"咲帆说道，"请各位多玩一会儿吧。"

她在沙发上坐下。

"昭江阿姨，给客人们上些喝的吧。"

"是。"

晴美要了一杯红茶，昭江的身影消失了。

"她一直在这栋宅子里吗？"

"嗯。她什么都会，很不错。可我对这一切还有些不习惯。"咲帆苦笑了一下，"不管怎么说，这么宽敞的地方……走进来，感觉自己随时会迷路。"

福尔摩斯在客厅里悠然逛了一圈。

"周围的环境一下子变了，估计您挺不适应吧？"

晴美说道。

"确实……不过幸好有惠美陪在我身边。"咲帆稍稍犹豫了一下，"我不知道这事儿该不该跟你说……"

"什么事？"

咲帆突然表情一变，一脸严肃，感觉像是在害怕着什么。

"我……很害怕。"她压低嗓门说道。

"害怕?"

"嘘!声音小点儿。"

晴美探出身子。

咲帆在客厅里看了一圈,说道:"自打到了这里,我就感觉自己似乎被什么人监视着。"

"也就是说……"

"我不是在打比方。我的话没有任何夸大。"

"您的意思是,有人在这宅子里监视您?"

"虽说有用人……除了刚才的昭江阿姨,还有其他不住家的用人,但我说的不是这些人。"咲帆语速飞快,"我觉得似乎被人监视。我的话似乎都被窃听了……尤其是在打电话的时候,感觉特别明显。我能感到还有其他人的存在。除了在电话里和我通话的人,似乎还有人一直在静静地听我说话。我能感觉到那个人的呼吸。"

咲帆似乎是认真的。

"您的意思是说,您被窃听了?"

"嗯。估计你我的这番对话也是如此。"咲帆点点头,"你相信我说的话吗?"

"我没觉得您神经过敏。"

"谢谢。"咲帆似乎松了一口气，"昭江阿姨马上回来了，说不定她跟那些人是一伙的。这件事……"

"放心，我不会说出去。"

晴美刚说完，房门就开了。

"让您久等了。"昭江走进来。

晴美换成一副继续聊刚才话题的口吻：

"不过话说回来，这么宽敞的宅子真是让人羡慕。"她的目光在客厅里扫了一圈，"啊，谢谢。"

红茶香气扑鼻而来。

"有空你也来住几天。"咲帆说道，"反正房间多。"

"嗯，那是肯定的！只不过一旦习惯了这里，估计我会不想回那间破公寓了。"

晴美笑道。

"你什么时候过来住？随时欢迎。"

"嗯……不过……"晴美稍稍犹豫了一下，但看到咲帆真挚的目光，"那……要不就明天……"

"嗯，谢谢你。"

咲帆握住了晴美的手。

"福尔摩斯也一起来哦。"

咲帆邀请道。

"喵——"

福尔摩斯回应了一声。

昭江离开后，咲帆再次压低嗓门："我有一次突然想到，在这宅子里自杀的彩子夫人说不定就是无法忍受被监视的感觉才自杀的。"

她一脸认真。

"没事，我身边有这个可靠的搭档。"

晴美抚摸着福尔摩斯的身子，说道。

"真让人羡慕。"咲帆说着，动手摸了摸福尔摩斯的脑袋，"我多希望自己也有这样一个搭档。"

"喵——"

福尔摩斯应了一声。

"可是，咲帆小姐。"晴美说道，"到底是什么让你开始产生这种怀疑？先前发生过什么吗？"

"这个嘛……"咲帆欲言又止。

随后，她环视客厅。

"白天在公司里太忙了，忘了说。因为惠美一直在我身边照顾我，所以我会感觉这事儿是我想多了。可是每到夜深人静的时候，我就又害怕起来……"咲帆一笑，"抱歉，净跟你说些莫名其妙的话。或许是太累了的缘故吧……怎么了，福尔摩斯？"

福尔摩斯伸出爪子，在咲帆的裙角边上抓扒起来。

"福尔摩斯，你这样会把裙子抓坏的。"晴美说道。

"没事。反正这只是去公司穿的裙子，要多少有多少。"

福尔摩斯用尖锐的爪子勾住裙子，抬头看着晴美。

"福尔摩斯……"晴美思索片刻，"咲帆小姐，要不今晚您到我家去住吧？"

"啊？"

"当然了，我家可没您这里宽敞。"晴美微微一笑，"不过或许您在我家能睡个安稳觉。"

咲帆脸上一红。

"真的？不会给你添麻烦吧？"

"哪儿的话。要说添麻烦……只是多一个人嘛。"

"好开心！"

"那您带上换洗衣物，去我家过夜吧。"

"我立刻去准备！"

咲帆开心得像个高中生，蹦蹦跳跳地出了客厅。这时，昭江刚好进来，看到咲帆的模样，不禁一脸惊愕。

"这是怎么回事？"她询问晴美。

"她正沉浸在当学生的感觉里。"晴美说道，"是吧，福尔摩斯？"

"喵——"福尔摩斯一脸满足地摇尾巴。

"这小猫咪真漂亮。"昭江难得地一脸微笑，凑过来蹲下身，伸手抚摸着福尔摩斯的毛。

"我准备好了！"

咲帆的动作快得令人吃惊。这时她已经提着一只包，穿着大衣回来了。

"您要出门吗？"昭江站起身说道。

"我去晴美家过夜。你帮我叫辆出租车吧。"

"叫车倒是没问题，只是……"

"没关系吧？"

昭江稍稍思考片刻："这只小猫咪打理得这么漂亮、干净，应该没关系。"她微笑着说，"但您得联系一下唐泽小姐。我可不想被她骂。"

"你看这样行吗？"唐泽惠关问道。

靠在椅子上困得前仰后合的片山骤然惊醒。

"啊，嗯嗯……好久不见，失礼了。"

说着，片山脸红了。

"刑警先生，您也辛苦了呢。"

惠美笑着说道。

"嗯，先前盯梢的时候也经常会盯着盯着打起瞌睡，被后辈给叫醒呢。"片山摇摇脑袋，"不过这可不是什么值得炫耀的事啊。"

"我倒是挺喜欢这样的刑警。"惠美说道，"感觉似乎有点儿人情味，是吧？"

"这……"

"能请你给看看吗？我已经想好通知的措辞了。"

说着，惠美瞟了一眼自己的电脑。

"好……"片山凑过来，看了看电脑画面。

和晴美、咲帆她们分开后，片山和惠美返回BS集团大楼。自然，这时已是夜深人静。惠美把片山带到了自己的办公桌旁，动手写了一篇通知，内容是关于厚川沙江子遇害案，事发时如果公司里有人看到或听到过什么，请联系唐泽或片山。

"挺好的。"片山点头道。

"那么我打印出来了。"惠美一边等待着打印机打印文件一边说，"我把这份文件以邮件发送至全体员工的电脑。打出来贴在墙上未必所有人都会看到，要是发邮件，大家应该都会查看一下。"

"嗯，确实，毕竟现在已经是这样的时代了。"

或许是觉得片山的话听起来有些奇怪……

"莫非，你不大会用电脑？"惠美问道。

"呃……收发邮件倒还行。"

"估计你的电脑连十分之一的功能都没有被开发吧？"

"这要怪它的功能太多了。"片山申辩道。

"同感。我也不会做图表之类的。"

"你这么一说，我就放心了。不过你至少比我强。"

"好了，打印出来了。明天一早，我就把这份通知拿去复印，贴在各楼层的电梯间。"

"拜托了。"

惠美关闭了电脑的电源。

"好了，回家吧。"

"嗯。"

关掉办公室的灯，两人来到了电梯间。

"片山警官，你的酒量很一般吧？"

"嗯……"

"要不，我们去喝一杯再回家吧？我也是难得这么晚了还跟男性在一起……本来我还盼着你会邀请我呢。"

"啊？"

看到片山一脸糊涂的表情，惠美笑道：

"抱歉。我不是故意刁难你啦。"

"嗯，倒也不是……"

惠美伸手准备去按电梯。

"奇怪了。"

她突然皱起了眉头。

"怎么了？"

"有一台电梯下行到地下一层去了。"惠美用手一指，"刚才我们进楼的时候，电梯都停在一楼。"

"是吗？"

片山完全记不起来了。

"错不了。都这个点儿了，还有谁会去地下一楼呢？"

惠美纳闷地歪起了脑袋，但她还是伸手按下了电梯的按钮。电梯上来之后，她和片山一起走进电梯，按下了"1"的按钮。电梯下到了一楼。

两人走进空无一人的大厅。

突然，两人停下脚步，彼此对视了一眼。

"去看看吧？"无奈之下，片山开口说道。他知道，惠美就在等他的这句话呢。

"嗯。"惠美微微一笑，似乎松了口气，"我们还是走楼梯吧。要是坐电梯，对方会听到声音的。"

惠美走在前边，向应急楼梯而去。

"地下一层是用来做什么的？"

片山问道。

"我几乎没去过。照理说应该是仓库，但文件、资料之类的都放在五楼的保管仓库。这里很黑，你当心点儿。"

两人小心翼翼地走下应急楼梯。

"我没听人说起过地下仓库里放的是什么，其他的房间是设备房、锅炉房之类的……"

一扇写着"B1"字样的厚重大门出现在了两人眼前。

片山使劲儿推开门，探头进去张望了一下，之后立刻把头缩了回来。

"怎么了？"

"嘘！"片山把手指贴在唇上，"走廊上有人。"

他压低嗓门说道。

"有人？"

片山略作思索。

"你带了补妆镜吗？"

"带了。"

惠美从包里拿出补妆镜，递给片山。片山打开补妆镜，手持镜面，把门推开一条缝，轻轻地把它伸到了门缝外。

晃动的镜面里映出了两个穿黑色西装的男子的身影。

惠美也伸长了脖子看着镜子里的人影。

"是谁呢？"

片山轻轻把门关上。

"应该不是公司里的员工。我从没见过这俩人。"

"不可能是你们的员工。"片山说道，"是保镖之类的。"

"保镖？"

"应该错不了。"

"就是那种……保护政府大臣之类的护卫？"

"对。"

"保镖跑这里来干什么？"

"我也不知道啊。"片山有些纳闷，"保镖以工作身份露面的时候，周围应该会有什么重要人物才对。"

"在地下一层？还是在半夜三更？"

"确实不对劲。"

片山再一次轻轻推开了门。门外传来了说话声。

"有人出来了。"片山说道，"是朝我们这边来的。"

"不好！他们要走这道楼梯。除此之外，这里再没有其他的出入口了。"

"快！"片山麻利地脱下鞋子拿在手上，"上楼！"

惠美也立刻脱了鞋，两人悄声无息地只穿着袜子冲上楼。

传来了开门声。

"快，再往上！"

片山小声说道。

到了一楼，两人继续往上走，上到二楼停下脚步后，脚步声在一楼停下了。

"把车开到正门来。"

传来了说话声。

"下次什么时候方便？"

是问话声。

"从目前的情况来看，越快越好。下周联系。"

"是。"

声音从一楼大厅离开，门关上了。

尽管周围已经安静下来，但片山和惠美依旧没动。

大概等了十分钟，片山轻轻地走下楼梯。

"没事了。没人了。"

他回头叫了惠美一声。

"刚才是怎么回事？"

"不清楚……至少，从他们的行动看，似乎不是什么光明正大的事。"片山舒了口气，"怎么办？"

"什么怎么办……"

"要不要去地下一层看看？"

"嗯。"惠美点点头，"我不容许公司里有我不知道的事。"

"我就知道。"

片山和惠美再次来到了地下一层。

轻轻推开门，只见里边的灯已经关了，走廊上一片漆黑。

"现在可以穿鞋了。"

片山说道。

两人来到走廊深处。

"先前那两人应该是从这道门里出来的。"

"这里？里边是仓库啊。"

"进去看看。"

两人打开门，走进仓库，打开了灯。

两侧摆放着直达天花板的钢架，钢架上堆放着硬纸箱。

"确实是仓库。"惠美说道。

"可是……"片山左右看了看，"架子之间的空隙挺大。"

"嗯，确实……"

片山走到最深处。

"地板上有摩擦过的痕迹。"他低头看脚下,"看来……"

他把手搭在架子上使劲儿一拽,架子像一道门开了。

"啊……"

应该是设置了暗门,一旦开启就会自行移动。两人眼前出现了一间装饰优雅、客厅风格的房间。

"简直让人大吃一惊!这种地方居然有这样的房间。"

房间里,桌上的烟灰缸中残留着烟头,整个屋子里弥漫着酒精味儿。

"似乎是在这里开了什么秘密会议。"片山说道,"或许和厚川沙江子的死有关。能劳你调查一下看看这到底是个什么地方吗?"

"嗯,当然。"

惠美点点头,突然"啊"地叫了一声。

"怎么了?"

"我想起来刚才那个声音是谁了。那个问'下次什么时候方便'的人,是DS通讯机的佐佐木。"

"不会有错吧?"

"嗯,错不了。"

"佐佐木和厚川沙江子有些关系……如此说来……"

"果然有问题……"

"可这事儿和那些身边有保镖跟随的人物之间到底有什么关系……"片山抱起双臂，"接下来这段时间里，你暂时不要对任何人提起我们发现了这个房间。"

"我知道了。"两人把门恢复原样，离开了仓库。

走出一楼的夜间出入口，片山缩了缩脖子。

"够冷的啊！要不找个地方暖暖身子再走吧？"

"好啊。"

惠美微微一笑。

这时，片山的手机响了。

"抱歉……喂？"

"哥，你在哪儿呢？"

晴美问道。

"BS集团大楼后面。"

"我说，你今晚别回公寓了。"

"你说什么？"

"今晚允许你在外边过夜。通话完毕！"

不等片山回过神，晴美就急匆匆挂断了电话。

"怎么了？"惠美问道。

片山不知该怎么回答惠美了……

8 探病者

"打扰了……"

病房的门开了。

"来了。"坐在床边椅子上正在削苹果的会田胡桃站起身，"请问是哪位？"

"那个……请问这里是菊池先生的病房吗？"

年轻姑娘小心翼翼地问道。

"是的。"

"请问菊池先生在吗……我叫佐佐木理佳。"

大概是个大学生。看到理佳之后，胡桃的第一印象是：这身着装，气质不俗。

"他正在做检查。"胡桃说，"估计差不多该回来了。"

"是吗？我可以在这里等他一会儿吗？"

"嗯，当然可以。你坐在椅子上等他吧。"

胡桃站起身来。

"可这样一来……"

"没关系。我坐在床边就可以了。"

胡桃微笑道。

"不好意思，那我就不客气了……"理佳在胡桃起身离开的椅子上落座，"那个……菊池先生的病情怎么样了？。"

"嗯，急性高烧引发了肺炎，不过现在已经退烧了。"

"太好了。"

理佳的表情终于放松下来。

"那个……你认识菊池？"

胡桃问道。

"嗯，见过。"理佳暧昧地回答了一句，向胡桃投来了疑问的目光，"你是……"

"我叫会田胡桃，和菊池同居。"

"是吗？"

理佳似乎不知接下来该说些什么才好。

她手里拿着一束花。

"佐佐木小姐……是吧？这束花，我就替他收下，插在花瓶里吧？"

"啊，那就……拜托你了。"

"这花儿可真漂亮！我都没有送花的习惯呢。"

胡桃削好苹果，站起身来接过花束，走出了病房。

几乎和胡桃前后脚，护士推着菊池的轮椅进了病房。

"哟……你是特意来看我的？"

"嗯。听说你住院了，吃了一惊。"

"没什么大碍。说是过两三天就能出院了。"

"你这么说，我就放心了。"

理佳把菊池扶回病床上。

"刚才那个……是胡桃小姐吧？她出去找花瓶插花了。"

"是吗？这栋住院楼的顶楼是餐厅，要不喝杯茶再回去吧？"

理佳犹豫了片刻。

"她是你太太吗？"

"胡桃吗？她是这么说的？"

"不，倒也没有。"

"怎么说呢……我也不大清楚，但她一直在照料我。"

理佳笑了笑："她应该很爱你吧。"

"嗯……看起来应该是吧。"菊池看着天花板，"对了，我得吃药了。"

"我给你找点儿水，"理佳站起身，"我去买瓶装水吧？"

"那……太麻烦你了吧？"

"嗯，没事儿。"理佳似乎很积极，"小卖部在……"

"在一楼的最里边。"

"我去去就来。你等一会儿。"

　　理佳走出病房，匆匆地向电梯走去。

　　能从菊池面前走开，她很开心。等胡桃回来之后，她就没自信像这样保持笑容了。

　　实际上，虽然跑来探望菊池，但在看到胡桃坐在他床边之前，她都没有意识到自己在内心深处居然如此依恋着菊池。

　　可是……当她听说那个叫胡桃的姑娘和菊池同居时，她心里感觉到刀绞般的痛。

　　我……是不是爱上他了？

　　理佳在心中问自己，答案显而易见。

　　她刚刚走到电梯前……

　　"这种事……是不是太过分了？"

　　有人如此说道。

　　是胡桃的声音。楼梯口，胡桃正和一个穿西装的中年男子说话。因为胡桃背对着理佳，理佳一时没看到她。

　　怎么回事？

　　那名男子看上去似乎是工薪族，似乎有些懒散。

　　理佳想避开两人的目光，于是躲到走廊上输液用的吊架旁，稍稍靠近了几步。

　　"你这样做是违反合约的。不可以。"

　　男子说道。

"可是……难道我不可以来照看住院病人吗？"

"我没说不可以。只不过，片子是有发售安排的。"

"以前我不是什么都听你们的吗？甚至给你们救场，给突然跑路的演员当替补。以前你们不是说过，因为总让我吃亏，所以会找机会补偿我吗？"

"这是两回事儿啊。"男子根本不理会胡桃，"你听好了，不管你的人气有多高，但会买那种片子的人关心的不过是女演员的下半身。你如果消失了，自然会有其他女演员顶上。"

"这些……我知道。"

"既然知道，那你还有什么好抱怨的？要么马上跟我走，要么不用再来了。"

胡桃的身形微微战抖。"我知道了。"声音听来有些落寞，"你等我五分钟，我去跟他说一声，告诉他我现在有紧急的工作要做。"

"我在车上等你。只等五分钟哦。"

男子从楼梯走下去了。

胡桃耷拉着肩头，无力地回过头，和理佳的视线相撞。

"理佳小姐……你都听到了？"

"听到了，抱歉。"

"没什么……其实，我是成人影片的女演员。"说着，胡桃低下头，"对不起。"

"为什么要跟我道歉？"

"我是靠这份工作挣来的钱帮助菊池的。被素昧谋面的男人抱在怀里，然后和菊池……"

"胡桃姐……别干了，这样的工作。"理佳说道。

"可是如果去打临时工，根本挣不了这么多的钱。"

"是为了住院费吗？"

"这次住院的费用，川本咲帆小姐的秘书唐泽小姐说由他们公司来担负。"胡桃说道，"可是出了院之后，菊池不可能立刻去上班，所以生活费……"

"可是……"理佳不知该说什么才好，话说到一半就打住了。胡桃一直盯着理佳。"你是叫……理佳吧？你一定很爱菊池吧？"她用平淡的语调问道。

"爱……其实我也说不清楚。"

"我去工作期间，菊池就拜托你了。"

"胡桃姐……"

"我走了！"

胡桃一口气冲下楼梯。

"是这样啊……"

菊池在床上喃喃地说道。

"胡桃姐真可怜。"理佳坐在床边的椅子上，"我先前还以为做那种工作的女人都是些整天只顾玩的人。真没想到，竟然也有她这样的。"

"都怪我没出息。"

"可这……"

"不光是这次生病……最近我都是靠着胡桃才有饭吃。"

"想必胡桃姐心里一定觉得挺幸福吧。"

菊池闭上了眼睛，说道："我想睡一会儿。"

"那我去吃了饭再来。"

"你不回家？"

"我和胡桃姐约好了。"理佳微笑道，"直到胡桃姐回来为止，我都会待在这里。"

"谢谢。"

菊池回以微笑。

"喂！你倒是再用心点儿啊！"导演焦躁地怒吼，"你还算不算是专业人士啊？"

"对不起。"

胡桃从床上起身。

专业？不就是这种吗？这还存在什么专业不专业吗？

"今晚必须结束拍摄。"制片人抱着手臂站在一旁，"明天的演出就没有酬金了。"

"没关系。是吧，胡桃？"

演对手戏的男演员一脸笑容地给胡桃打气。

尽管以前胡桃曾跟不少男演员共事过，但她觉得今晚幸好是和大木演对手戏。这些男演员当中，有不少人把演对手戏的女性当成道具，但也有像大木这种性情善良的。

"稍微休息一下？"大木说道，"三个小时没休息了。"

"连十分钟也不能浪费！"

制片人怒冲冲的。

"可总比不断地重来……"

"好吧。那就叫份拉面。"导演站起身。

"谢谢你，大木。"胡桃披上浴巾说道。

"听说你男朋友住院了？"大木也披上浴袍，"担心吧？"

"嗯……我很担心，没法集中精神。"

"这也没办法。你一直都很努力，会有办法的。"

狭小、憋闷的公寓房间里，胡桃让化妆师给自己擦了汗。

"你有黑眼圈了？"化妆师提醒道。

"能遮掉吗？"

"我试试吧……只要打光好一点儿就看不出来了。"

胡桃瞥眼看了看导演。

事到如今，就算出言恳求他调整一下打光角度，估计他也不会答应了。

"正式开拍前，我再给你补一下妆。"化妆师说道。

"谢谢。"

"你就忍一忍吧。"说着，化妆师轻轻地拍了拍胡桃的肩。

胡桃勉强挤出一个笑容。

玄关的门铃响了。

"喂，今天的拉面真够快的。"

导演在沙发上伸了个懒腰。

"来了……"

一名副导演向玄关走去。

不一会儿，那名副导演一脸疑惑地回来了。

"那个……有客人。"

"客人？谁啊？这都几点了？把人赶走。"

制片人一脸不快。

"你赶得走吗？"

进入房间的是个肩膀抵得上一般人两个宽的大块头男子。

一时间，所有人都沉默了。

威慑力扑面而来。

一脸不快地看着门口的制片人脸上的血色一下子没了。

"近江……"

制片人的声音听起来有些嘶哑。

"你连我都认不出来了？喝多了吧？"叫近江的男子说道，"你还是一点儿没变，还在干这种无良勾当啊？"

"不……也不是……"制片人的太阳穴渗出汗珠，顺着下巴滑落，"那个……您怎么会到这里来？"

"要是没什么事，谁会大晚上到你这儿来？"

"您说得对。"

"你这里是不是有个叫会田胡桃的女人？"

胡桃一惊。

"我就是……"

她小声回答道。

"就是你？你们现在是在休息吗？"

"是的。"

"我有事找你。穿上衣服吧。"

"嗯……可我这边的拍摄还没结束。"

"胡桃！赶快照办！"

制片人焦躁地叫道。

"是……"

然而导演似乎并不认识眼前的男子。

"喂，这算什么？"他一脸不服地站起身，"我不知道你是谁，但我是在挣钱生活啊。"

"够了！"制片人着急起来，"近江先生，实在抱歉！"

看到制片人急得要给近江下跪的模样，胡桃大吃一惊。

"你去收拾一下吧。"近江语气温和地对胡桃说，"不拍了。从今往后，你不用再拍这种片子了。"

"啊？"

"你以前也从没演过。"

"可是……"

"这里的所有人从没跟她共事过。"

尽管一头雾水，胡桃还是穿好了衣服。

"都听到了吗？"

近江瞥了一眼制片人。

"遵命！"

制片人似乎快把脑袋贴到地板上了。

"车子在等着呢，走吧。"

近江催促了一句。胡桃跟着他离开了公寓……

9　疑惑之夜

"喂？咲帆小姐？我是唐泽惠美。"

惠美握着手机说道。

"惠美，我听得出来你的声音。"咲帆似乎很开心，"今晚我要到片山家去过夜。明早你来这里接我吧。"

"我知道了。这事暂且……"

"那就再见啦！晚安！"

惠美一脸无奈地看着自己手里的手机，过了一阵，她耸了耸肩，转身回到店里。

"联系上了？"片山一边搅动着"咕嘟咕嘟"冒热气的锅一边问道，"蔬菜已经煮好了。"

"说是要去你们家过夜……"惠美在座敷上随意地坐下，"真是的！为什么人总是身份一变就会做莫名其妙的事！"惠美感叹道。

"她说原因了吗？"片山问道，"晴美什么都没跟我说。"

"我也完全不明白。"惠美重新坐正身子，"既然如此，那我们好好吃一顿吧！"

说着，她搓了搓手……然后……她再次展示了令片山瞠目结舌的吃饭速度，还干了啤酒。

"你喝这么多，不要紧吧？"

片山开口问道。

"别小看我，我很厉害的哦！"惠美的面颊已经一片绯红，"的确，我的脸都红了，不过到底是因为酒精还是因为火锅呢……"

片山笑了："我在想，我还是头一次见你这么开心。"

"我不是永远只是个秘书啊。"惠美一边往锅里夹肉，一边说，"回到独居的公寓里，我也会在睡着后穿着内衣裤翻身打滚哦。"

"嗯，这么说，倒也是。"

"你想象过吗？"

"想象什么？"

"我穿着内衣裤翻身打滚。"

"呃……这倒没有。"

惠美叹了口气："我就这么没姿色吗？"

说着，不满地嘟起了脸颊。

"我不是这个意思……只是我这个人，天生属于想象力不大丰富的类型。"

"好啊！"惠美点点头，"那，就让你看看实物好了！"

"实物？"

"我要穿着内衣裤在你面前翻身打滚。然后你会怎么办？"

隔着热气腾腾的火锅，惠美眼神炽热地盯着片山。

"这个嘛……我会给你盖上被子，估计是这样。"

惠美忍不住仰头望天花板。

"怎么还有你这种男人啊！"

"对不起。"

"那就没办法啦。"惠美往杯子里倒上啤酒，"那我只能扑到你怀里了。"

"你喝醉了吧？玩笑开到这儿也该差不多啦。"

"是，是……片山，你不喜欢吃肉吗？"

"你吃得太过迅速，我来不及出手呀。"

片山回了这么一句……

"啊！吃得好饱！"走出热气腾腾的火锅店，惠美摊开双手，"不行了！我再也吃不下了！"

"我也没说还要吃啊，"片山说道，"你能走道儿吗？"

"我没事！不过……打车吧。坐出租车回去。"

"好，好。"

片山伸手拦下正好路过的空车，把惠美扶到车里。

"片山，你也上来！"

惠美抓住片山的胳膊猛地一拽。

"我说你……好，好！我上车，行了吧？"

"我会付车钱的！我的薪酬还不错，打车的钱不算什么！"

"这倒是挺让人羡慕的。"

"两位上哪儿？"

司机问道。

"唐泽小姐，我们上哪儿啊？……唐泽小姐？"

惠美靠着片山的肩头轻轻地发出了鼾声。

"唐泽小姐！你倒是先说说上哪儿再睡啊！"

片山晃了晃惠美，惠美这才迷迷糊糊地半睁开眼睛。

"啊呀，片山……嘿嘿嘿……"

刚说完，又"扑通"一下倒在片山的膝盖上。这一次，鼾声开始震天响。

"头人！"片山喃喃道，"那就回公寓吧……啊，不行！"

晴美曾跟他说过，叫他今晚别回去了。

片山实在想不到能去哪儿，无奈之下只得说道：

"在附近找个宾馆停下吧。"

"客人，有两手啊，喝得醉醺醺的，带去宾馆？"

司机一脸坏笑。

"不是你想的那样！"片山板起脸，"我会开两间房！"

这种事跟出租车司机说个什么劲儿……

片山让司机把车开到市中心的一家宾馆前。到前台一问，倒还有空房。

"为什么连我也不能回家？"嘴上虽然抱怨了一句，但片山不可能把唐泽惠美一个人丢这里。

总而言之，先定了一间房。片山背起惠美，上了电梯。

背上，隔着大衣和上衣，惠美的体温传到了片山身上。

"哎呀呀……"

和平日里给人的望而生畏的印象完全不同，这么一看，她似乎还是有些女人味儿的。

的确，就像她本人所担心的那样，平日里的她确实不会给人以惹人怜爱的小女人印象。但是正因为如此，片山才能把她背在背上。

走出电梯，找到房间，片山插上门卡打开房门。

背着惠美进屋可不是件轻松事。

这是一个双人标准间，屋里是并排的两张单人床。片山在前台询问时，宾馆里就已经没有单人间了。顾不了这么多了，片山把惠美放到其中一张床上，舒了口气。

就这么睡着了怎么办？明早她不是还要去接咲帆吗？

"我可管不了那么多。"片山耸耸肩，"接下来怎么办？"

这家宾馆的价格不菲，即使只住一晚，对片山的钱包来说也是沉重的一击。反正惠美曾说过她是高薪人士，估计在这里住一晚不要紧……

"虽然有点儿不划算，但也没办法。"片山喃喃说道。他把门卡放在桌上容易看到的地方，转身准备离开房间。

"片山。"

听到这一声叫，片山吓了一跳，扭头一看。

似乎没喝醉，人还算清醒。

惠美坐起身来，笑眯眯地看着片山。

"真有你的！刚才是装醉？"

"怎么样，我的演技？"

惠美一边说一边脱下西装，扔到地上。

"你别闹了。这个房间怎么办？"

片山抱起手臂问道。

"就当是我订的好了。片山，你刚好一起住下。"

"这可不行。"

"那……换一家？"

"我可住不起这种高级宾馆。好了，晚安。"

片山转身向门口走去。惠美猛地从床上跳起，一口气冲到门边锁上门链。

"我不会放你走的。"

惠美直视着片山说道。

"请让一让。"

"反正你是和我一起进来的。不管你有心还是无心，别人都会当你是有心的。"

惠美猛地抱住片山亲吻起来，一边吻一边往前推，最终把片山推倒在床铺上。

"等一下……唐泽小姐！"

"我不会让你飞走的！"

惠美跳到片山身上。

"啊……好重。"

"谁管你呢！"

惠美一把拽下片山的领带。

"那个……你冷静点儿……"

片山不知所措了。

就在这时，惠美的包里响起了手机来电铃声。

"有电话……快接电话。"

片山用手一指。

"管它呢！"

惠美根本不理会，继续动手解片山的衬衫纽扣。

随后……她的手停下来。

扭头看了看持续传出手机铃声的包。

"莫非……"喃喃自语了一句，从片山身上一个打滚下来，伸手拿过包，掏出手机。

"喂！……喂！"

惠美站起身叹了口气。

"怎么了？"

片山坐起来，重新扣好衬衫上的纽扣。

"断掉了。"

惠美愣愣地看着手机。

她回拨过去，但立刻摇了摇头，

"打不通。"

"是熟人打来的？"

惠美扭头看着片山。

"我给几个特别的号码做了设定，来电时会是不同的铃声。其他都是普通铃声。"

"刚才的铃声是……"

"不可能。"

"怎么了？"

"我把来电设定成这个铃声的只有一个人，是已经过世的屉林宗佑先生。"

"前会长？"

"但这是不可能的，会长因事故而过世了，当时他应该带着手机。"

"也就是说……手机坏了？"

"我一直这么认为。毕竟在那场事故里车毁人亡，起了大火。手机不可能幸免于难。"

"有人用那个手机给你打来了电话？"

"对……"惠美在沙发上坐下，"后来我一直很忙，就没去在意宗佑先生的手机。"

"唐泽小姐，我有一个想法……前会长屉林宗佑先生会不会还活着？"

"不可能，至少我觉得是这样的……不过现在我也有些疑惑了。"惠美看了看片山。

片山捡起地上的领带。

"我对那场事故了解得不多。能麻烦你跟我说说吗？"

"嗯，当然可以。"惠美轻轻地叹了口气，"差一点儿就得手了，真可惜。"说着，她笑起来。

"不过，咱们先叫个客房服务，叫他们送咖啡过来。咖啡送来之前，我俩把衣服穿戴整齐。"

"是啊。"

片山拿起房间里的电话，要了两杯咖啡。这时，惠美已经到浴室里去了。

"哎呀呀……"片山松了口气，"这事儿可不能让晴美知道。"他喃喃自语。

10　大火

秘书的工作是二十四小时全天候待命。

唐泽惠美很清楚这一点。

作为优秀的秘书，时刻准备着半夜两三点被电话叫醒。

"立刻过来。"

只要对方这么说，就不能有一句抱怨。

"遵命。"

这样回答就好了。

即便心里早已作好了思想准备，对惠美来说，这天夜里的电话也让她有些心酸。

最近五天，屉林宗佑整天忙于出席大规模的样品展，加上随之而来的与海外厂商的洽谈、交涉、派对等，整天跟在他身后的惠美也忙得不可开交。

除了惠美，虽然宗佑还有其他秘书，但对于包括派对场合在内的近乎闲聊的对话，能同时用英语和法语做口译的却只有惠美一个。自然而然地，惠美必须随时跟在他身边。

况且，宗佑每天晚上到了分别的时候，都会给惠美布置一道"家庭作业"：

"你考虑一下明天会面时的话题吧？"

会面交涉时所谈论的话题、配合与会方官方新闻的话题、礼物的选择乃至派对上的玩笑等，都必须由惠美来考虑。

还必须以英语和法语进行。

派对结束后，宗佑只需要到宾馆的套房里一躺就行了，但惠美回到自己的单人间之后，必须坐在床边瞪着电脑，每天只能睡三个小时……

捱过了这番如在热带丛林跑马拉松般的残酷考验，宗佑还会对惠美来这么一句：

"明天你傍晚再来一下。"

惠美还以为他会说"明天你好好休息一下"，心里不由得咒骂了一句"这吝啬的臭老头"，但实际上，她为自己当晚能睡个好觉而感到一丝窃喜。

回到宾馆的单人间，惠美随便冲了个淋浴，裹上浴巾就钻到了床上。

她立刻睡着了，听到手机铃声而醒来已是凌晨两点……

是宗佑专属的来电铃声。

"喂……"

接起电话时的惠美，声音有气没力得简直像是半死不活。

"现在立刻赶到箱根的山庄这边。"

宗佑只说了这一句，不等惠美回话就挂断电话。

为了让自己清醒过来作好准备，惠美冲了个冷水澡。其实即便花上半小时来准备，也没什么大不了的。

惠美倒也可以打出租车去箱根，然后在出租车上稍微睡一会儿，但她最终还是决定自驾。

行驶在到处是弯道的山路上，一边和不断袭来的倦意奋战一边开车，根本就是一件光荣而艰巨的任务……

把车子停到屉林家山庄门口时，唐泽惠美已经出了一身冷汗。驶过弯道一个接着一个的山路，和倦意一路抗争，她终于完全清醒过来了。

"真不错！"惠美自夸了一句。

既然没有人对自己这么说，就自己夸奖自己一句吧，否则心里就会感觉一切只是一场空。

下车后，惠美三步并作两步，沿着山庄正面玄关的石阶拾级而上。

她按响门铃，稍候片刻，里边有人开了门。

"会长，您找我？"

"嗯。但你来迟了。"

犀林宗佑穿着羊毛衫。

"会长……"

"开玩笑的。"宗佑笑了笑，"你还在休息，就被我给叫来了，倒也挺可怜的。"

"没……既然我干的是秘书的工作，这也是没办法。"

嘴上这么说着，惠美却打了个呵欠。

"总而言之，先进屋吧。"

宗佑催促了一句，惠美脱下鞋子换上了拖鞋。

"欢迎。"

宅中的帮佣昭江不知何时出现在眼前，把惠美吓了一跳。

"昭江阿姨，你也来了？太太呢？"

惠美冲昭江问了一句，回答她的却是宗佑。

"彩子没来。"他冷冰冰地说道，"先进来吧。"

惠美以前也曾经来过这栋占地宽广的山庄。她很清楚，走过玄关大厅，双开门的后方就是宽敞的沙龙空间。

不等昭江开门，她紧赶几步上前，猛地打开沙龙的大门。

或许当时往前冲的劲头有些猛，坐在沙发上的众人全都一愣，回过头来。

众目睽睽之下，惠美愣神了一下，停下脚步。

"打扰了！"她连忙向众人致意道。

既然屋里有人，就早点儿说啊！惠美很想抱怨一句，但不必说，这话根本不可能说出口。

"昭江，"宗佑说道，"唐泽小姐似乎还没完全清醒过来。你给她来一杯浓咖啡。"

"是。"

"好了，坐吧。这里的人，你都认识吧？"

"认识……"

尽管她嘴上这么说，但其实……

"这是不可能的，会长。"说话的是BS电机今井健一郎社长的妻子今井瞳，"虽然唐泽小姐作为秘书很优秀，但我们这些人毕竟只是围绕在彩子夫人身边喝茶的同伴罢了。"

是吗？惠美终于想起来了。面前的众人，都是屋林宗佑的妻子彩子每月召集的晚餐会成员。

就是这六个女人。听了今井瞳的话，其他五位都微笑了，步调一致——眼前的这幅画面令惠美不由得略感恐惧。

"抱歉。"惠美说道，"虽然我对各位稍有印象……"

"你还记得我吗？"

"当然记得！您是今井瞳夫人……然后这位浅田实子夫人是BS国际浅田董事的夫人吧？"

惠美毕竟只是宗佑的秘书，对彩子的私人交友仅仅稍有了解。但眼前这些人似乎都曾在BS集团的派对上见到过。

"您是里见……信代夫人吧？"惠美冲着人群中年纪最轻、衣着最华丽的一位女子说道，"您是作曲家里见清士先生的太太……"

"说对了！你记得可真清楚呢。"

里见信代的脸上露出像是在引诱男人般的笑容。

我当然记得！惠美在心里说道。

为了赞助她丈夫里见清士作曲的那部莫名其妙的歌剧，宗佑曾给惠美下了死命令，要她想尽办法凑出钱。

"还有，这位自然就是厚川沙江子夫人了。还有……"

"我是平原玛利亚。"

一头大波浪金发的女子说道。

"她给我写了个人传记。"

宗佑说道。

"原来是这样。真是失礼了。"

你写的那玩意儿也配称作传记？惠美寻思道。那种纯粹为了吹捧宗佑而写的东西，惠美只看了三十页就扔了。

一点儿不夸张，惠美当时确实把那东西扔到房间的角落里去了。但是，平原写的东西很合宗佑的心意。她是日法混血儿，出现在派对上，估计会很惹眼吧。

最后一位个子较小，和其他五位比起来稍显朴素。

"我是藤田志乃舞。"女子说道。

这个名字，惠美倒是见过。

"就是那位……作家老师吧？"

"嗯。我只是个写手，主要写随笔……"

对了，应该是个随笔家，她以女性为读者的随笔集曾登上热门话题，在各种报纸、杂志上开设连载专栏和对谈类栏目。

只不过，这个藤田志乃舞，连惠美也不清楚她到底和BS集团是什么关系。

或许是看穿了惠美的想法，藤田补充了一句：

"是会长夫人邀请我过来的。"

"我先前不清楚情况，还请您见谅。"

惠美回应道。

可是……为什么在这个时候，彩子的同伴会集中出现在箱根的山庄？还把惠美也叫来？这到底是怎么回事？

谜团未能解开。

"把诸位叫到这里来，我心里也有些于心不忍，"宗佑说道，"不过，我这么做是希望在谈事情的时候没人打扰。"

"久等啦。"咖啡的香气飘满整个房间，昭江在惠美面前放上了一杯咖啡。

"谢谢……"惠美端起咖啡杯喝了一口，"好苦！"

她不由得叫起来。

众人都笑了起来。站在惠美的立场上来看，这一叫确实起到了缓和气氛的作用。

"会长……"惠美说道，"多亏了这杯咖啡，我可算清醒过来了。但您今天为何要把诸位请到这里来呢？"

"我正要说这事儿呢。"宗佑略带严肃地说道。

"请您润润喉咙吧。"昭江在六位女士面前摆上了杯子，"这是意大利的红橙果汁。"

名品橙汁？惠美曾在意大利餐厅喝过几次。

"我不客气了。"

今井瞳首先端起杯子喝了一口。

"味道真不错。"她睁大眼睛，"和普通的橙子不同，味道很浓郁啊。"

"谢谢，"昭江微微一笑，"是特地从意大利采购的。"

其他五位也纷纷端起杯子。

"大家一边喝一边听我说。"宗佑在沙发上半躺下，"其实，今晚要诸位专程过来，是有件事想拜托。"

就算要拜托她们，也用不着大半夜地跑来箱根吧？惠美完全不明白宗佑葫芦里到底卖的什么药。

"我想请诸位帮个忙，和我一起做个实验。"

宗佑说道。

今井瞳一脸平静，但其他五个人都一脸不安，面面相觑。

实验？宗佑的话，让惠美怀疑自己是不是来错了地方。

"实验？"片山问道，"屉林先生说他要做个实验？"

"对。"

两人一边喝着客房服务送来的咖啡，一边聊着往事。

"这咖啡的味道真够淡的。"惠美稍稍皱了皱眉，"跟那天晚上我喝的咖啡简直天差地别。"

"到底是什么实验？"

片山问道。

"我也不清楚。"

"你也不清楚？当时屉林先生不是说了吗？"

"其实没说清楚。"

"什么意思？"

"会长千叮咛万嘱咐……"

"今晚我说的话，还请诸位务必保密。"

宗佑说着，目光从六位女士的脸上一一扫过。

他并不是远远地一看，而是和每个人都交流了眼神。

"遵命。"今井瞳说道，"您说吧。"

毕竟是BS电机的社长夫人，在六个人里算是个带头的。

"其实呢……"宗佑刚要张口，手机铃声响了，他一脸不耐烦地停下话头，"抱歉，好像是我的手机。"

宗佑连忙从上衣兜里掏出手机。

众人尴尬地笑了。在此之前，所有人都有些紧张。

"喂……啊，稍等。"宗佑站起身，面朝六位女士，"我稍微失陪一下，马上回来。"

撂下这句，宗佑匆匆走出沙龙，关上了门。

"不知是什么事，"厚川沙江子问道，"今井太太，你知道是怎么回事吗？"

"我也完全不知道啊。"

真的假的？惠美心想。

今井瞳的表情似乎有一种"我和你们不一样"的神气。

就在这时，门外传来宗佑的怒吼，所有人都吃了一惊。

"怎么会有这种事！"

"出什么事了？"

作曲家太太里见信代喃喃道。

隔着门都能听到宗佑的声音，说明他一定吼得很大声。

又是一阵寂静，但这寂静并未持续太久。

房门打开，宗佑一脸不快地回到屋里。

"抱歉，我现在必须立刻赶回东京。"宗佑连珠炮似的说道，"本来打算今天跟诸位说的事，改天有时间再联系吧。"

"会长……"

惠美站起身。

"你也一起来。"

"是。那个，各位客人……"

"昭江，你给众人安排一下回去的车。"

"遵命。"

昭江不动声色，静静地说道。

"那就这样吧，实在抱歉。"宗佑说道，"先告辞了。"

六位女士还没回过味儿来。

惠美行了一礼。

"我先告辞了。"

急匆匆转身去追赶宗佑。玄关的门半敞着。惠美赶到门外的时候，宗佑的车子已经开走了。

"会长……真是的！"

惠美连忙跑到自己的车子旁。

车子发动的时候，她只能远远地看到宗佑的车尾灯了。

赶忙开动车子，想追赶宗佑。

"到底是怎么回事嘛。"

惠美不由得在心里喃喃道，此时宗佑的车子已经飞快地行驶在林间小道上了。

"看这情形，绝不一般。"

宗佑很喜欢驾驶。平日里在东京市内往返时，他一般会把车子交给司机来开，自己则坐在后座打电话或想事情。但这种长途的路程，他会亲自操控方向盘。

而且他的驾驶技术确实有两把刷子。

惠美拼命想追赶，可别说赶上宗佑的车子了，两车的距离反而在一点点拉大……

"危险！"

惠美不由得惊叫起来。她想起前方是即便在光线明亮时也要降低车速才能安全驶过的急转弯。路边就是万丈悬崖。

以这么快的车速冲过去，万一……

"啊……"

惠美连忙踩下刹车。

她能从车里清晰地看到那处急转弯。

尽管如此，毕竟周围夜色笼罩，她看见宗佑的车尾灯开始狂乱地摆动起来。

"会长……"

前车没能转过弯，径直从悬崖上跌落。

车灯消失在黑暗中。

"会长！"

惠美发动了车子，但她尽量保持安全的车速，把车开到了急弯处。就在这时，只听一声巨响，火光撕开了黑暗。

停下车，走出车外。她站在悬崖边上，见路边的护栏已被撞坏，宗佑的车子在远处山脚下熊熊燃烧着。

没救了吧？

惠美脸色铁青，但以眼下的情形，她必须保持冷静。职业秘书的本能在她的身体里复苏了。

她立刻报警，说明了事故发生的地点和大致情况。

山脚下的车子依旧在燃烧着……

"等了好久，巡逻警车和消防车才赶到现场……"

惠美说道。

"当时你一定很难过吧。"片山点点头，"的确，照你说的状况，宗佑先生的手机应该不可能安然无事……"

"是吧？"惠美说道，"当时……会长他在沙龙外用手机和人讲了一通电话……回来的时候，手机就不在他手上了。"

"揣兜里了？"

"正常情况下，应该是。"

"会不会是掉落在山庄的什么地方了……或许应该前去仔细调查一下。"

"完全不明白。"惠美叹了口气，"后来，会长的葬礼事宜都落在了我的肩上……那段时间里，我忙得几天没合眼。"

"想来也是。"

"等这些事结束后，彩子夫人跟我说，叫我继续给她当秘书……我倒是挺喜欢忙碌的生活。"

听了这句尽显惠美风格的话，片山微笑了一下。

"你有没有亲眼确认过宗佑先生的遗体？"

"当时那场火那么大，估计都烧掉了，最后只好请会长经常光顾的牙医给确认了一下。"

"是附近的牙医吗？"

"是总部大楼对面牙科诊所的高井大夫，会长生前每次牙疼都找他。"

"既然这样，应该错不了。"

片山简单记录了一下。隔了一会儿，他问道：

"当时宗佑先生跟众人聊的实验到底是怎么一回事？"

"我也不清楚……"

"彩子夫人说过些什么吗？"

"我没问过她。"惠美摇了摇头，"总而言之，那场混乱过后，大家都把那件事忘了。"

"能理解。"片山点点头，"可是他为什么要把夫人晚餐会上的客人特意召集到山庄……"

"的确有点儿奇怪。"

"如果说有人知道……"

"那就应该是今井、佐佐木、北畠几位。"

"明白了。明天我试着找她们问问。"片山打了个呵欠，"失礼了。唐泽小姐，要不，您睡一下吧？"

"我还要早起，先回趟家。片山警官，你怎么办呢？"

"我在旁边找家商务酒店过夜。"

"我如果叫你在这里过夜，估计你不肯答应吧？"

"这……"

"就算我答应你不再往你身上扑了，你也不愿留下吗？"

"这样的话，我会一直担心，整晚都睡不着的。"

惠美微微一笑。

"那我就不勉强你了。不过，既然我们接过吻了，你至少叫我一声惠美，好不好？"

那是你霸王硬上弓吧？片山寻思道。

"好的。那么，惠美小姐，我告辞了。"

说着，片山站起身。

惠美把片山送到门口。

"晚安，片山警官。"

说完，她又轻轻地吻了一下片山。

"我这样的人到底什么地方吸引你了？"

"我喜欢你这种直来直往的性格。"

片山离开房间走到走廊上，突然回头。

惠美仍一脸笑容地目送他。见她挥手，片山也挥了挥手。

"真是不明白。"

片山一边喃喃，一边向电梯方向走去。

11　变身

菊池一睁开眼就转动满是胡茬的脸，在病床上环视。

"佐佐木……理佳？"

理佳正在喝瓶装茶。

"菊池，你醒了？"她立刻一脸开心地问道，"怎么样？烧退了？"把手搭到菊池的额头上。

"啊，退烧了。太好了！"

"身上的燥热和倦怠感似乎都消失了。真是抱歉，你回家了吗？"

"别提了。"理佳一脸闹别扭的表情，"我已经过了二十岁。就算两三天不回家，也不是什么大问题。"

"不，可是……"

"没事的。我给爸爸发过短信。我不会不跟家里说的。"

"那就好。万一佐佐木社长发火说我是绑架犯就糟了。"

"一个住院的病人怎么绑架？"理佳笑道，"不过啊，你这高烧可是连烧了两天都没退呢，担心死我了。"

"够累的吧？"菊池说道，"说起来，胡桃上哪儿去了？"

"不知道。"理佳似乎也有些担心，"她说去上班，就走了，直到现在……"

"是吗？估计她工作那边还有些事没做完。"

"太受累了。那种工作，我以前还以为都是些不靠谱的人做的呢。"

"胡桃不是自愿的。要怪都怪我。"

菊池一边叹气一边说道。

这时，病房的门开了，一名穿西装套装的女子走进来。

"情况怎么样？"

女子一开口，理佳就吓了一跳。

"胡桃姐？"

"抱歉，一直抽不开身。"

"这倒没什么……"

"胡桃？你这身打扮是怎么回事？"

会田胡桃看起来像是变了个人，发型打理得一丝不乱，身上的西装也是一眼看去很高档的那款。

"我也不大明白，"胡桃摇了摇头，"当时我们正像往常一样拍片，突然有个叫近江的人来了……"

"近江？"

"那个叫近江的似乎很厉害，制片人看到他就像老鼠见到猫。是他把我带出来的。然后我被他带去了电视台，穿上这身衣服，还化了妆……"

"然后呢？"

"嗯……后来我被带进了摄影棚，好像是作为脱口秀节目的助手？就是坐在主持人旁边的座位上，只需要保持笑容。"

"这么说，你上电视了？"

"似乎是的。我自己还完全蒙在鼓里呢。"

"不过，真是太好了。"理佳目不转睛地盯着胡桃，"这么一来，你是堂堂电视名人啦。"

"我也不知道怎么会这样……我现在似乎成了那个脱口秀节目里的常驻人员了。"

"这不是挺好吗？从今往后，会有人好好地看胡桃姐！"

"可是……我心里虽然有点儿开心，"胡桃苦笑道，"却怀疑自己是在做梦，掐了好几次自己的大腿，都掐青了呢。"

"太好了。你以前不是说过希望自己有一天能成为名人上电视吗？"

菊池说道。

"嗯。一定是老天让你受了苦，才给了我这样的幸运。"

"如果真是这样，"菊池微笑着说，"我宁愿再得两次、三次肺炎。"

"不行！你得给我赶快好起来。"

"那么……我似乎差不多该撤了。"理佳站起身来，"这个人，就还给胡桃姐了。"

"啊，不……这个嘛……"胡桃连忙说道，"他们跟我说，要我接下来去面试参演一部电视剧。理佳……不好意思，你能再稍微……可以吗？"

"我倒是没问题……"

理佳有些惊讶。

这时，又一个令人吃惊的人进来了。

"看起来好转了不少嘛。"唐泽惠美走到床边，"这样看来，应该没什么大碍了。"

她扭头看到一身套装的胡桃，一脸认真地问道：

"那个……请问您是哪位？"

音乐厅里渐渐笼罩了疲劳感和焦躁感。

坐在二楼包厢最前排、最显眼的位置上，一身燕尾服的里见清士自然不会感觉不到这种氛围。毕竟此刻乐队演奏的正是他本人的交响乐新作。

尽管策划方案一直鼓吹这是世界首演，但今晚几乎所有的听众都觉得恐怕这也会是这首曲子的世界终演。

既然是来听现代音乐，那么听众们心里都作好了准备，知道多少会有些难以理解的部分。但没想到的是，既没有旋律，也没有轻快的节奏，更没有什么节拍……

总而言之，不管是指挥还是乐队，都拼命睁大眼睛瞪着乐谱，期盼着赶紧到最后一页吧。

若是十分钟或十五分钟的曲子，估计听众还能坚持一下，但这种将近三十分钟的曲子……坐在座位上早已按耐不住的听众、打哈欠的听众、表面在看时间实际上在炫耀手表的听众……其中不乏特意扭过头来看向作曲家的听众。

里见却是一脸淡然和从容。

比起那些无法引起任何反应的音乐，还是令人反感的曲子更好——他在心中如此坚信。

这个世界上，难道一个能理解我音乐的人都没有吗？不过，迟早有一天，这些家伙一定会向孩子和年轻一辈炫耀，说"我当年可是听过里见清士杰作的首演哦"。

曲子终于接近尾声。可是即便用心去听，也没有半点儿即将结束的征兆，知道这一点的只有作曲者和演奏者。

这时，坐在一楼最前排的一名听众站起了身，跩着鞋子走出了大厅。

那家伙在干什么？里见稍稍皱起眉头，但转念一想，觉得对方可能是去厕所，憋不住了而已。

另一名听众，这次是一楼中央附近的一位女士，也站起了身，"嗒嗒嗒"地踩着高跟鞋走了出去。

简直是个粗鄙的女人！这时，里见有些绷不住了。

女听众的退场就像是一个信号，场内四处的听众纷纷站起身，朝大厅外走去。

这首曲子过后就是中场休息了，即便如此，这也阻止不了来自听众的拒绝。

乐队里也开始人心惶惶。但既然指挥还在挥舞指挥棒，他们就无法停止演奏……

最后的几分钟感觉就像十分钟乃至二十分钟那么长。前前后后，至少有几十名听众离开了大厅。

曲子唐突地结束了，因为那种仿佛是在宣告"结束"的和弦收尾方式是里见最看不惯的。

指挥放下了指挥棒，转身面朝听众席。听众这时才明白过来·一曲终了。

尽管大厅里还是响起了掌声，但这些掌声只是因为终于结束了或夸奖自己终于忍到了最后。

依照惯例，新作首演，作曲者会收到指挥的指示，起身接受掌声。里见稍微调整了一下颈上的蝴蝶结，准备站起身。

然而……指挥径自走下了指挥台，走进了舞台侧面的耳房。随后，乐队成员也一一起身，纷纷退场。

里见不由得哑然。太没礼貌了！这家伙，我这辈子都不会再让他指挥我的曲子！

灯光照亮了大厅，音乐会进入休息时间。

"喂，走了。"

里见冲身旁的妻子信代命令道。然而，信代半张着嘴，早就睡着了。

"怎么连你也打瞌睡了？"

里见清士一脸不快，高声叫嚷。

走出大厅，里见来到附近酒店的酒吧里呷起了威士忌。

"真的很乏味！"

妻子信代喝了一口鸡尾酒。

里见沉着脸瞪了信代一眼，见信代毫无反应，他一口干了杯中酒。

"喂！再来一杯！"

里见大叫。

"这个周末有N社的派对。"里见说道，"可别忘了。"

"哎呀，这可不行，"信代轻描淡写地拒绝，"我这周末有茶话会。"

"什么茶话会？"

"屉林先生的女儿川本咲帆嘛，她要把彩子夫人生前的晚餐会成员召集起来开茶话会。咱们受过屉林先生不少照顾，怎么能不出席呢？"

听到"屉林"两个字，里见就没什么可说的了。

里见唯一的歌剧《日出前》之所以能上演，都是多亏了屉林宗佑的赞助。他心里也很清楚，在这件事上，妻子信代的个人魅力发挥了关键作用。

"但N社也是很重要的赞助方。你如果能露个面……"

"如果能露面，我会的。"

尽管信代这么说，但听她这副随口敷衍的语气，答案基本上等于否定。里见虽然心里明白，但这件事毕竟关系到作为丈夫的面子，不说出口也不行。

"这位灰姑娘喜欢音乐吗？"

里见缓和了语调，开口问道。

"那要看音乐行不行。"

信代的讽刺让他觉得很难受。

"那……你见到她，好好给她解释解释。电影和电视剧里的那些音乐根本算不上真正的音乐。真正的音乐啊……"

话说到一半，里见打住了。

他感觉到妻子乜眼投向自己的冰冷的视线。

他很清楚信代要说什么。

"既然这么说，你倒是让那些使用'假音乐'的电影和电视剧来求你给他们写点儿配乐嘛。"

要反驳也很简单。只不过里见很清楚，自己说出来的原因和理由，信代是不会理解的。

真是的。

信代也续了杯鸡尾酒。

以前……说起来，大概是婚后七八年，当时的里见清士尚能给人"有点儿灵气"的印象，看起来似乎真像是艺术家。

然而，这四五年来，他整个人胖了一大圈，头发也变得稀疏了……如果是成功人士的肥胖，倒也罢了，但他是一边牢骚满腹一边整天喝酒。信代渐渐地无法忍受了。

为了那部莫名其妙的歌剧，信代才接近屈林。但后来……

"谢谢。"

信代端起服务生送来的鸡尾酒，一口气喝掉半杯多。

"那得收取作曲费。"

里见悻悻地说道。

这时，酒吧的服务生来了。

"里见先生，有电话找您。"

"嗯，你拿过来吧。"

"是找您太太的。"

听了服务生的话，里见不由得板起脸。

"找我？"

信代站起身，跟着服务生来到酒吧进门处的柜台前。

"谢谢……喂？"

信代拿起电话听筒说道。

虽然听筒里能听到声音，但那声音似乎来自远方。

"喂？请问是哪位？"

信代皱起了眉头。

"是你吗，信代？"

突然，听筒里传来清晰的说话声。

"您是哪位？"

这男子的声音……是谁来着？

"我讲不了几句话。你好好听我说。是我，屉林宗佑。"

尽管说话的语速很快，但声音很清晰。

"那个……可是……"

"我还活着。说起来，你身旁有人吗？"

"呃……稍远一些，是店里的人。"

"你别把我的名字说出来。"

"是……"

"我被囚禁了，现在总算是想办法逃出来了。我希望你能帮我。我能信任的就只有你了。"

听了这番没头没脑的话，信代的倦意和醉意骤然消失了。

"那个……我该怎么做？"

"你带上衣服和钱，到我接下来告知的地点。"

"那个……您稍等一下。"信代要来纸笔，"您说。"

宗佑说出的地点在郊外，信代以前几乎没听说过。

"明白了？"

"大体明白了，我去找找。"

"拜托了。我现在只能依靠你。"

"那个……您现在没事吧？"

"还行。你如果能帮我，以后我会报答你的。我也可以帮你找关系，让你丈夫继续做他的歌剧。"

"这都是小事。"信代说道，"只要能帮到您就行了。"

"谢谢。我现在只能相信你了。这件事，你千万不能跟第三个人说起。"

"我知道了。"

信代攥着听筒，重重地点了点头……

回到座位上之后，里见问道：

"谁打来的？"

"一个朋友，商量明天出门的事。"

为什么宗佑把电话打到酒吧？对于这一点，信代没细想。

不管怎么说，刚才的声音无疑是犀林的……那句"我现在只能相信你了"让信代无比感动。

12　临时居所

　　一辆不管怎么看都和周围的环境格格不入的大型轿车停在公寓门口，唐泽惠美从车上走下来。

　　轻轻地走上公寓楼梯，来到写有"片山"名牌的门前，她挺直脊背，按下了门铃。

　　"早上好，"没等房门打开，惠美就开口问候了，"会长，我来接您了。"

　　房门打开。"辛苦了，"晴美说道，"咲帆小姐正在作准备。请进屋坐坐吧？"

　　"那……我就打搅了。"

　　惠美走进片山兄妹的公寓。

　　"喵——"

　　福尔摩斯也出来迎接。

　　"早上好啊，福尔摩斯。"

　　惠美冲着它微微一笑。

　　"再等我五分钟。"

　　咲帆从洗漱间里探出头说了一声。

"好。"惠美依旧站在玄关处。

"喝杯茶吧?"晴美说道。

"不用了,不必管我。"惠美婉拒,"抱歉,咲帆小姐临时起意……"

"没事,在我家就不用客气啦。惠美,你也真够辛苦的。"

"已经一周了,每天从这里出门去上班。"惠美小声说道,"公司里已经传得沸沸扬扬了。"

先前是晴美开口邀请,川本咲帆来片山家的公寓过夜。后来她喜欢上了这里,每次都说"再去一个晚上""就一晚"……一直拖延着,每天早上都从这里出发去上班。

她带了笔记本电脑,工作方面不耽误,可即便如此……

"这事儿在附近也传开了。"

说完,晴美笑了笑。

"感觉挺对不住你哥。"

惠美说道。

"啊,我哥就更没问题了。有案子的时候,他经常几天不回家。最近他在外边过夜,估计过得有滋有味。"

"但还是……"

"他有时白天回来一趟,换换衣服之类的。"

"我觉得也该劝劝咲帆小姐,叫她回家住吧。"

惠美提议道。

"我可不想回去，"咲帆出现了，"这里待着挺舒服。"

"您会给人家添麻烦的。"

"行了，出发吧。"

福尔摩斯凑到咲帆身边，"喵"地叫了一声。

"福尔摩斯，你也要去？好，走吧！"

"啊，别耍滑头！我也去！"晴美说道，"等我五分钟！"

"你慢慢弄。"

惠美一脸无奈。

车子很大，几个人都坐进去也还很宽敞。

后座是面对面的沙龙款长沙发，果然是大型豪华轿车。

"那么，关于今天预定的……"

惠美打开了记事簿。

"你是手写的？"晴美问道。

"如果用电脑或电子记事簿，电池一旦没电就完了。"惠美说道，"啊……你按这个键，就会有热咖啡流出来。不嫌弃的话，请用吧。"

"厉害！那我就不客气了。"晴美接过咖啡杯，用杯子接了一杯咖啡，"真香。"

"喵——"

"这咖啡挺烫的，福尔摩斯，你喝不了的。"

福尔摩斯跳下车座，在铺了地毯的车地板上一屁股坐下。

咲帆渐渐习惯了当会长，她的预定日程表也开始以分钟为单位计时了。

"等一下，这样我岂不是连吃午饭的时间都没了？"

"是的。"

"是什么是……"

"那就在车上吃吧，我给您准备了三明治。"

"怎么这样……"

咲帆皱起眉头。

福尔摩斯趴在地板上，似乎有点儿困，要犯迷糊了……

"啊，抱歉。"

惠美手里的圆珠笔掉在地板上，滚到咖啡杯架子下方。

恰好，福尔摩斯就趴在架子旁，它的鼻子凑到了架子下方的缝隙中… "没事，福尔摩斯……啊？你怎么了？"

福尔摩斯稍稍伸出爪子，碰了碰晴美的脚。

这是每次出什么事的时候，福尔摩斯的习惯性动作。

"晴美？"

看到晴美蹲在地上的模样，惠美纳闷地眨眨眼。

晴美竖起一根手指，示意惠美别说话，然后从包里拿出补妆镜和小手电筒，塞到架子下方。

然后，她回头冲惠美招了招手。

"啊？"

晴美让开身子，惠美凑过去看了看照向架子下方的补妆镜。

"这……"

晴美用手指捂住惠美的嘴。

"怎么了？"

咲帆一愣，问道。

晴美从惠美的记事簿上撕下一张白纸，用捡起的圆珠笔写下一行字：

"架子下方有窃听器。"

"啊……"

晴美连忙又补写了一句：

"装作没看到！继续聊天！"

"失礼了。"惠美干咳一声，"有关下午的会议，如果安排到三点开始，您应该能出席吧？"

"嗯，交给我吧。"

咲帆点点头。

晴美拿出手机，给片山发了条短信："咲帆小姐每天上班乘坐的车里有窃听器。你去查查汽车公司。"

"真不错啊，每天能坐这种豪车上班。"

晴美说道。

"喵——"

哥哥发来了短信。

晴美点点头，再次窥视架子下方，然后把杯子里的咖啡泼到窃听器上。窃听器上的火花"嗞嗞"飞溅，这样一来，估计偷听不到了吧？

"我把咖啡泼上去了，叫它用不了。"晴美说道，"我哥说他在BS集团大楼的停车场等我们，后面的事交给他。"

"怎么说？"

"窃听器突然坏了，安装窃听器的人一定会来调查这辆车，"晴美说道，"之后就能确认这件事到底是谁干的。"

"这东西……"咲帆一脸不安，"一直装在这辆车上吗？"

"这倒不大清楚。只不过我们装作什么都不知道的样子，就能给干这事的人设下陷阱，等对方上钩。"

听了晴美的话，惠美的眼中散发出光芒。

"这主意不错！咱们就来胡扯一通吧？"

听了晴美和惠美的对话，咲帆只能苦笑。

"你们觉得很有意思吗？"

"我虽然觉得有点儿生气，但又觉得有点儿好玩。会长，这可是长命百岁的秘诀呢。"

听了惠美的话，咲帆不由得笑了。

哎呀呀！

片山上气不接下气地赶到了地下停车场。

"不知道来不来得及。"

他走出电梯，朝左右两边看了看。

"哥！这边！"

是晴美的声音。片山仔细一看，只见晴美从停放的车子后面探出头，正冲自己招手。

"这辆车也太……"片山凑近那辆车。

"快趴下！"

晴美说道。片山连忙趴在水泥地上。

一辆车开进来，径直向停车场深处驶去。

"好像不是刚才那辆车。"

"你别吓我啊，"片山爬起来，"车呢？"

"就是那辆。"

片山顺着晴美所指的方向一看，只见前方停着一辆比其他所有车都大一圈的豪华轿车。

"即使在这里看也很大。这辆车每天都去咱们家接咲帆？难怪惹人闲话。"

片山压低身子，躲在车子背后说道。

"没办法，"晴美说道，"咲帆小姐喜欢咱家的'豪宅'。"

"真没想到车里会装有窃听器。"片山皱着眉，"咲帆小姐曾说'总觉得似乎有人在监视'，或许不完全是多虑。"

"是啊。那栋宅子里不会也被安装了窃听器吧？我觉得在车里发现窃听器似乎是个好的契机。"

"为什么……"

话说到一半，片山陷入了沉思。

"怎么了？"

"不，没什么……"

片山想起先前在这栋大楼地下一层那个隐藏房间里的奇遇，也就是他和唐泽惠美一起看到的随身带着保镖的人……

这一次，又在车里发现了窃听器。

"喂，是什么样的窃听器？"

片山问晴美。

"什么什么样？"

"是那种在秋叶原附近有售、就算外行也能轻易安装的窃听器，还是那种不是专业人士就没法操作的窃听器？"

"我不懂。"晴美纳闷地歪起了脑袋,"啊,有车来了。"

两人连忙低头。一辆黑色乘用车开进停车场。车子故意放缓车速,或许是在寻找空位……

这时候,电梯门"哗啦啦"地开了,从电梯里走出来的竟然是川本咲帆。

晴美压低声音:"咲帆小姐!这边!"她拼命冲咲帆招手。

"啊,你在那儿啊。"咲帆慢悠悠地走过来,她脚边跟着福尔摩斯。

"低头!"

"啊?"

"有车……"

黑色车不知是不是发现了晴美他们,突然加速冲过去,朝写有"出口"的箭头方向开走了。

"刚才那辆车有点儿不对劲。"

"啊,抱歉,打扰你们了?"

"没办法。要不先撤?"

"难得来一趟。再观察一下情况。"片山说道,"喂,不会就是刚才那辆车吧?"

莫非刚才那辆车又来了?黑色乘用车看起来似乎大同小异。

如果是刚才那辆车,那么这次它似乎提速不少。这种车速在停车场里感觉有些不对劲。

"喂，低头。"

片山刚说完，就看到来车后座的车窗玻璃降下来。

福尔摩斯高声叫了一声。

片山看到从那辆车子的窗户里伸出一根圆筒状物体。

那是什么？

接下来的一瞬间，圆筒冒着烟，发射出什么东西，击中了咲帆的那辆豪华轿车。

"趴下！"片山高声叫道，"是火箭炮！"

豪华轿车烧起熊熊大火，一时间黑烟滚滚。

这一切都发生在停车场里。火焰和黑烟迅速扩散到四周。

黑色车加速开走了。

"快逃！"

片山高声叫道。

"往电梯走！"

晴美低头拽着咲帆的手，一路向前冲。

福尔摩斯冲在最前头。

豪华轿车早已被熊熊大火包围。因为停车场的天花板太低了，火焰开始向周围其他车辆扩散。

"其他车子也烧着了！"

晴美按下电梯按钮，幸好电梯的门立刻打开了。

晴美、咲帆和福尔摩斯连滚带爬地钻进电梯。片山稍迟了一会儿，也冲了过来。

"哥！快！"

片山刚进入电梯，晴美就立刻按下按钮，关上了电梯门。

"去一楼！"

电梯开始上行。同时，地下开始传来一阵阵闷响。

"哥，刚才那是……"

"估计应该是其他车子的爆炸声。"片山说道，"说不定会接连引爆其他车子。必须赶紧叫消防车来。"

电梯刚停在一楼，片山就冲向了前台……

"烧毁了三辆车。"片山说道，"不过最后一共是这些损失，算幸运了。"

咲帆依旧一脸蒙，盯着窗外嘈杂的消防车。

"您没受伤吧？"惠美跑过来，"火势已经扑灭了。"

"自动灭火喷头启动。"片山说道，"不过那辆豪车彻底报废了，这下就没法再去调查那个窃听器了。"

"到底是怎么回事？"晴美说道，"火箭筒这种东西根本不是平民会有的吧？"

"话虽这么说，只不过，如果是从海外偷偷转卖到日本的暴力团伙手里，并非完全不可能。"

"尽管如此……他们这么做，难道只是为了不让我们去调查窃听器？"

的确有点儿奇怪。片山心中突然萌生不祥的预感……

这时，BS电机的今井社长走进了大厅。他看到咲帆，赶忙凑过来，面色铁青。

"会长！您没受伤吧！"

"谢谢，今井先生。"看到今井的圆脸，咲帆似乎松了口气，"我没什么。只不过停车场里的车……"

"我听说了。简直不可思议……"今井皱起眉头，"唐泽小姐，你怎么没好好陪在会长身边？"

"抱歉。"

"不能怪惠美。谁都没想到竟然有人在大楼的地下停车场发射火箭炮。"

听了咲帆的话，今井一愣。

"火箭炮？真的假的？"

"是从车里发射的。"片山点点头，"您有什么线索？"

"呃……至少我认识的人里应该没人有那种东西。"

今井硬生生地挤出一个笑容。

"好了，"惠美用和平时没有差别的语调说道，"咲帆小姐，会议还有十五分钟开始。您最好还是换身衣服吧？"

"嗯，也是。"咲帆的衣服上沾上了黑色灰屑，自然不能就这样出席会议。

"我之前准备好替换的西装了，您跟我到会长室去吧。"

"你倒是想得挺周到呢。"

"我可不是罪犯哦。"惠美瞥了一眼片山，"我早就预备了一套替换的，毕竟说不清会发生什么事。"

听了惠美的话，片山再没有半点儿疑心。

13 出迎

是不是错过了那个标识？

紧握着方向盘，里见信代心里惴惴不安。

驾照虽然考过了，但实际上几乎没怎么开过车。这条山路，她是头一次走，还是在半夜。

出了一身的冷汗，顺着逶迤的山路向前，信代尽力了。她的双眼始终没有从前方移开，即便如此，也不止两次三次地直冒冷汗了。

这时，车灯前方出现了对方所说的那个标识。

信代连忙踩下刹车。她踩得实在太紧急，车胎都打滑了。

"呀！"

信代不由得惊呼。惊魂未定，车子已经停下。这几秒钟里，信代的记忆成了一片空白。

不过，不管怎么说，自己还活着，车子也停下了。虽然车身横在山路上，挡住了一半的路面……也罢，这么晚了，估计不会有其他车辆经过。

信代下了车，打开后备厢，从里边取出一只大型包。

话说回来，这个标识怎么感觉有点儿古怪？

好像摆在餐厅门口、戴着高帽子的人形剪影？

这东西到底是从哪儿弄来的？

信代走到剪影标识旁边。

"屈林先生，"她开口喊道，"我是里见。您在吗？"

风吹草动，树影摇曳。

"您在那儿吗？"

信代以为对方会回应自己，但看样子似乎并没有。

"屈林先生？"信代再次喊道，"我照您的吩咐把东西带来了。"这时，传来了人类的动静。

"辛苦你了。"

人的声音响起。看到自己面前的树丛里钻出来一个男人，信代不由得吓了一跳。

"啊，那个……"

"就放在那儿吧。"

说是男人，但周围的光线实在太暗。信代再怎么想看清楚对方，眼前都只是一个模糊的身影。

"动作快点儿。"

"是……"

信代把包放到地上。

"钱呢？"

"带来了……在这里。"

信代打开自己的皮包，从里边取出一只信封。

"放到包上。"

信代照吩咐做了。

"真的是屉林先生吗？"她问道，"不对，你不是他！"

信代跟屉林交往过，即使周围再怎么昏暗，她也能感觉出屉林的气息。

"你是谁？"

"不用你操心。"

"可是……"

"你已经没用了。"

这是信代听到的最后一句话。

"当时有辆卡车路过，"石津说道，"发现这辆车挡在车道上，司机就下车查看情况。"

片山往车里看了一眼。

明亮的探照光照亮了车内。

蜷着身子倒在车座上的正是作曲家里见清士的妻子信代。

"她是被人开枪打死的。"

"一枪射中胸膛？"

片山从车子旁走开，深深地吸了一口冰冷的空气。

"可是，她为什么会上这里来？"

晴美说道。

"感觉应该是有事儿到这里来的。"

片山说道。

"她丈夫呢？"

"已经联系了，但他赶到这里是要花一些工夫的……"

虽是深夜，但也接近天亮了。

"她有仇家？"

"不清楚。嗯，即使有，估计也是个人恩怨。"

尽管嘴上这么说，实际上，片山心里并没有这么想。

"要不把车开走吧，否则卡车无法通行。"

"嗯，你去把车子开到路边。"

片山说道。

"片山警官，这里有一样奇怪的东西。"一名刑警跑过来，"跟我来。"

片山等人走到了树丛边。"这是什么？"晴美瞪圆了眼睛，"看形状，怎么像个厨子？"

"喵——"

福尔摩斯饶有兴致地叫了一声。

"不知是谁丢弃在这里的。"

石津说道。

"不，估计不是。感觉不是特别脏，也就是说，这东西丢在这里没几天。"

"这么说，是凶手的？"

"不清楚。"片山点头，"我们拿回去，然后找人鉴定一下上面的指纹。"

就在众人忙着拍摄现场照片时，四周渐渐亮了。

"有车来了。"

石津伸手一指。一辆底盘很低的进口跑车艰难地转过弯道，终于来到了现场。

"是里见清士先生吧？"

片山向走下跑车、一眼看去颇有艺术家派头的男子打招呼。

"是。"

"尊夫人……总之，您跟我来一下。"

片山把对方带到了车子前。

"是我妻子的车子。"里见说道，随后凑上前往车里一看，"确实是我妻子信代。"

他沉重地叹了口气。

“已经是早上了呀。”

沙发里，昏昏欲睡的金发女子一边喃喃说着，一边起身。

没意思……

为什么早晨总会到来？

话虽如此，眼下正值冬季，天亮得够晚了。要是换作夏天，估计在清晨四点的时候就会天亮了。

要是一整天都是夜晚就好了……

平原玛利亚打了个大呵欠，晃晃悠悠地穿过宽敞的居室，来到了朝向庭院的玻璃门前。

拉开窗帘，反射在草坪上的阳光亮得刺眼。

“怎么，你起来了？”

身后传来说话声，一个穿三件套西装的男子走进来。

“早上好。”她微微一笑，“昨晚你是在哪儿睡的？”

“楼上的卧室。我晚上换了枕头就睡不着。”男子说道，“今天有个会议。我出门了。”

“啊呀……你答应过人家要接受采访的。”玛利亚皱起眉头，“还能抽出时间吗？”

“我答应过？”男子装傻，“嗯，行吧。毕竟昨晚挺开心。”

“要写书就必须做这种事啊。”

“书？怎么，你真的要写书？”

男子吃了一惊。

笑容骤然从玛利亚的脸上消失了。

"那……你是不相信我说的话？"她的声音略带颤抖，"你觉得我上这里来是为了什么？"

"我还以为你只是找个借口要我来陪你呢。你是说真的？"男子是当下炙手可热的新兴企业的社长，刚刚四十出头。

"我知道了。"玛利亚说道，"你去吧。我也差不多该收拾收拾告辞了。"

"你别生气嘛。"男子微微一笑，"你也不吃亏吧？享用了美味的法国大餐，还在这栋公宅里享受了一番……"

"是啊。"

"那我走了。门不用关，下午会有人来打扫。"男子挥挥手，"说不定下次咱们又会在什么地方见面了。"

"那倒未必。"

玛利亚回答道。

男子走出房间，玄关处传来关门声。

这是一栋位于市中心的两层公寓楼，对外宣称是事务所办公楼，但不管怎么看都像是用来幽会的地方。

"把我当猴耍！"

玛利亚发泄怒气般地抓起沙发上的靠枕，使劲儿扔出去。

对方的确请自己吃了一顿豪华大餐，自己也的确在这栋公寓里和对方发生了关系，但玛利亚认为，享受归享受，工作还是要做的。

给商业明星写传记——平原玛利亚以前就是靠着给屉林宗佑写了一本传记，才在出版业有了一席之地。

尽管宗佑的死令她颇受打击，但杂志专栏之类的工作都保住了，她的档期依旧排得很满。

玛利亚走出房间，朝玄关方向看了一眼——那里似乎放了什么东西。

是万元钞票。仔细一数，共有十张。

一瞬间，玛利亚甚至想把这些钞票撕掉。那男人把玛利亚当成了用钱买来的女人。

可是……她还是没有把十万日元一把撕掉的胆色。

她只是把那些钱都压在了房间里的烟灰缸下，一张没拿。

随后，她决定去楼上冲完澡再回家。

今晚似乎有一场关西青年企业家派对，说不定在那里能听到有意思的话题。

玛利亚胡乱冲了个澡。

自然，她完全没听到玄关的门被打开的声音。

闯入者立刻听到了楼上传来的冲澡声，向楼上走来。

玛利亚原本没打算冲太久，毕竟这里不是自己的家，没有化妆品，也没有润肤露。她只是随便冲了一下就关了水龙头。

在楼梯上走着的闯入者停下脚步。

之后，那人小心翼翼、不动声色地上了二楼，打开了卧室的门走进去。

几乎只有前后脚的时间差，玛利亚刚好从浴室里出来，到了走廊上。她一边为自己因淋浴被打湿的头发而烦恼，一边准备往楼下走去。

卧室的门静静地开了……

就在这时，门铃突然响起，那扇门立刻又关闭了。

"抱歉，打扰了。"上门送货的年轻人已经走进玄关，"有您的包裹。"

玛利亚顺着楼梯走下来。

"辛苦了。签个名吧？"

"嗯，当然。"

看到玛利亚的模样，年轻人有些害臊。

"不好意思。有劳您了。"

"没什么，谢谢。"

玛利亚拿着刚刚签收的包裹走进房间。

这显然是寄给刚才出门的男子的。玛利亚看了看寄件人姓名。尽管落款是个男人的名字，但从笔迹来看，寄件人应该是个女人。

玛利亚凭直觉感到有些不对劲。

"管它呢。"

玛利亚动手拆开包裹，取出了里面的东西。

浴袍？为什么特意送浴袍来？

玛利亚从纸箱里拿出浴袍，丢到一旁——纸箱底部有一张折叠起来的纸。

她拿起那张纸，浏览了一下，脸上浮现微笑。

货物似乎是从一家新开张的购物中心发出的。纸上的内容是询问多少返点比较合适。不必说，这种东西一旦公开，对方会难以收场。

"这张纸归我了。"

说着，玛利亚把那张纸塞进自己的包里。

就在这时，刚才的闯入者从二楼卧室里悄无声息地走出，下楼了。准备走下最后一级台阶时，玄关的门铃再次响了。那人只好又冲回楼上。

大门打开了。

"请问现在方便打扫房间吗？"

几个身穿围裙、手拿水桶和拖把的女人走进来。

"请吧。"玛利亚走出房间，微微一笑，"我正要回去。"

"打扰了。"

接连走进来五六个人，分别前往起居室、厨房和二楼。

玛利亚在玄关处穿鞋。

"那个……"清扫工拿着刚才的浴袍，"这怎么处理？"

"啊，这个啊……我下单的时候把尺码弄错了。你拿去扔掉吧。"

"啊，真可惜！不如给我吧？我拿去给我家孩子穿。"

"拿去吧。包装纸就扔掉吧。"

"遵命。"

玛利亚匆匆走出玄关。

她在公寓正门口打了辆出租车，回了自己的公寓。

就在这时，一条人影敏捷地溜出了正在被打扫的公寓。

平原玛利亚对此一无所知，她此刻心情大好。

当然，她没有意识到自己刚才命悬一线……

14　宴会准备

"我非去不可吗？"

片山问道。

"非去不可，"晴美说道，"是吧，福尔摩斯？"

"喵——"

"你看，它也在说'非去不可'。"

"你别乱翻译。"

"快到屉林家门口了。事到如今，你打退堂鼓也没用了。"

"嗯。"

片山握着方向盘，一脸不情愿。

的确，再过十分钟，就到屉林家的宅院了。

片山的心情有些沉重。

那天夜里……他回想起屉林彩子用手枪自杀的那天夜里的事。眼下也到了夜幕降临的时刻。尽管周围还没有一片漆黑，但在林间小路上行驶已需要把车灯打开了。

"到了。"

晴美说道。尽管话说得稍微早了些，但前方的确可以看到屈林家宅院的灯光了。

"比预想的要快呢。"

片山舒了口气。转过一个平缓的弯道，片山看到车灯中浮现出一辆停下的白色车。

"哇！"

片山连忙踩下急刹车。他很清楚，这时候如果打方向盘，车子就会冲到路旁的树丛中。幸好当时片山的车速不快，在距离那辆白色小型车前方几厘米处停下了。

"哥！你倒是小心点儿啊！"

晴美的脚死死地踩在车底盘上，开口叫道。

"喵——"

福尔摩斯从车座跌下来，又爬回座位上。

"果然不能不系安全带呀。"

片山叹道。

"呼——"

"不过话说回来，这种地方怎么会有车子停着……"

片山走出车子，打开那辆白色小型车的车门，一具尸体从车里掉出来——并不是这样。

"太好了。"

车灯中，那个以手遮挡着晃眼灯光的人是……

"啊，你是……"

"片山警官？我是伊莎贝尔·铃木。"是曾在电视上给川本咲帆算命的，她今天穿了一身普通的西装。

"你怎么停在这儿？"

"抱歉，刚才差点儿撞上了。"伊莎贝尔这时似乎才意识到问题所在，"开到这里突然熄火了。"

"是吗？幸好没撞上。"

"抱歉，能麻烦你载我一程吗？"

"当然可以。"

"你是要去屋林家吗？"晴美从车里下来，问道。

"啊，晴美小姐……啊，福尔摩斯也来了？"伊莎贝尔一脸开心，"我是受咲帆小姐邀请才过来的。"

"是来参加明天的茶话会吗？"

"嗯。不过他们说，希望我今晚就过来。是那位秘书给我打电话的。"

"唐泽小姐？"片山有些纳闷，"先过来是有什么事吗？"

"总之，去看看情况再说吧。"晴美说道。

"嗯。但也别让其他车子跟这辆车追尾了。把它推到边上一些吧。"

毕竟是一辆小型车，要推动它似乎不是什么难事儿。几个人把车子推到了看起来比较安全的路肩，伊莎贝尔从车里拿走自己的包，坐到了片山的车上。

五分钟后，抵达犀林家宅邸门口。

帮佣昭江从宅中出来，迎接片山等人。

"恭候各位。"

"你好……"

片山等人走进宅子。

片山在那个房间门口停下脚步。

"就是这里。"

"哥……你还是念念不忘？"

"嗯……虽然我知道死因与我无关。"

"请各位到客厅来吧。"

昭江招呼道。

片山等人移步向客厅走去。

"喵——"

福尔摩斯叫了一声，片山和晴美回过头。

伊莎贝尔·铃木站在那个房间紧闭的门前一动不动。

"怎么了？"

晴美问道。

"这个房间里……似乎发生过流血事件。"

"的确。"片山点点头，"屉林彩子夫人就是在这里用手枪自杀的。"

"过世了？"

伊莎贝尔看了看片山。

"嗯。有什么问题？"

"没什么……我也不清楚具体的情况。"伊莎贝尔语焉不详，"叨扰了。"

一行人走进客厅。

"估计三十分钟后可以用晚餐。"

说完，昭江离开了客厅。

"哎呀呀……"

片山在客厅里环视。

突然，有人出声道："欢迎。"

"惠美？"晴美也在客厅里环视，"在那儿。"

她指着电视机说道。

客厅里的大屏幕电视机打开了，唐泽惠美出现在屏幕上。

"晚上好。"惠美笑着说道，"这是电视会议用的显示屏。我在这边也能看到各位的模样。"

"有意思。"晴美抱起了福尔摩斯，"打个招呼吧？"

"欢迎。"惠美说道，"不能当面迎接各位，实在抱歉。我陪在咲帆小姐身边呢。"

"惠美……"

"要是先前没在车上发现窃听器，或许我也会觉得咲帆小姐说她被监视只是她想太多了。"

"你都知道了？"

"晚上和她一起喝酒的时候，她告诉我了。连车子都被炸了，这件事非同小可。"

"你的意思是要我们查一下这件事？"

"明天就要举办茶话会了。彩子夫人晚餐会的成员中，厚川沙江子和里见信代都遇害了。虽然我觉得这个可能性不大，但万一对方真的是冲着当时那些成员来的……"

"那么明天就是最佳时机？"

"请各位务必做好防范，不要出现任何不幸了。咲帆小姐现在感到很困扰，觉得之所以会有人死都是因为她。"惠美说道，"另外，伊莎贝尔·铃木小姐，尽管我个人并不相信命理，但我相信这世上有些人的感应力确实很强。"

"我该做些什么……"

"预告危险。"

"可是……"

"我想请你出席茶话会，看看是谁对咲帆小姐怀有杀意。"

"我不是千里眼。"

"但你能看到的东西应该比我们多。"

"这个嘛……说的也是。"

"拜托了。"

"我试试。"

伊莎贝尔·铃木点了点头。

"那么，请各位慢用晚餐。这栋宅子里的任何地方，各位都可以进入。这一点，我已经事先跟昭江阿姨说过了。那么，一切就拜托了。"

惠美郑重其事地低下头。

之后，电视画面消失了。

"承蒙款待。"晴美冲昭江说道，"味道真不错。"

"谢谢，"昭江微微一笑，"最近一段时间，咲帆小姐不在家，我好久没下厨了。"

"嗯，是啊。"

"我还以为咲帆小姐是不是不大喜欢我做的菜才离家。"

"没这回事。"

"是吗？嗯，真是那样的话，咲帆小姐不必离家，把我解雇就可以了。"昭江说道，"我在客厅里给各位上些咖啡。"

片山等人返回客厅。

福尔摩斯吃到了晾凉的饭菜，一脸满足。

"好了，该怎么调查呢？"

片山坐到沙发上说道。

"检查所有的房间，看看有没有窃听器或摄像头之类的。仔细检查的话，一定……"

"如果是那种能发出信号的，用探查器一查就知道了。"

片山点头道。

"那么，我就用心里的探查器来试试。"伊莎贝尔说道，"惠美小姐付过费用给我了，这算是我的工作。"

"确实是她办事的风格。"

昭江端着咖啡走进来。"关于明天的茶话会，"她问道，"还有其他不是先前晚餐会的成员出席吗？"

"不清楚……唐泽小姐说过什么吗？"

"听说应该有七八位。"

"十八位？"

"厚川太太和里见太太过世了，我还以为只有五位……"

"我一个。"伊莎贝尔说道，"片山警官，你们有几位？"

"我们应该不算茶话会的成员吧？"

"当然了，我会为几位另作准备的。"昭江说道，"咲帆小姐还说，'说是茶话会，但或许会留宿'……"

"留宿？"晴美有些诧异，"为什么？"

"不清楚……"

"昭江女士，我们要在宅子里四处检查一下……"

"我知道了。这里不是我家，各位自便就好。"

昭江没有流露出半点儿不愉快。

"话说回来……"片山一边喝着咖啡，一边环顾客厅，"为什么要监视咲帆小姐？"

"屈林宗佑先生先前说的实验实在让我难以释怀。"

"嗯，确实。"

"可是，"伊莎贝尔有些不安，"我似乎感受到了什么。"

"这个房间吗？"

"不……整栋宅子。"

喝完咖啡，片山等人决定尽快动手。

"虽然这栋宅子挺大，但也必须一个房间一个房间地检查了。"晴美说道。

"嗯，开始吧。"片山从包里取出信号探查装置，打开开关。

"福尔摩斯，我们开始了哦……你怎么了？"

福尔摩斯坐在客厅的沙发上，在客厅里缓缓巡视。之后它跳到地板上，轻手轻脚地走到墙边，顺着墙往前走。

"看样子，它在自行搜查呢。我们去查我们的。"

片山催促道。

"也是。福尔摩斯，好好干哦。"

不知福尔摩斯有没有听到晴美的话，它自顾自地沿着墙壁往前走去……

宅子确实很大，房间确实很多。

片山兄妹只能从边边角角开始，一间间地挨个儿检查。

三人仔细排查着每个房间，一小时、两小时……一眨眼的工夫就过去了。

"哎呀呀……这可真是累死人了。"

片山叹了口气说道。

"全无反应？"

"嗯，完全没有。多多少少倒也接收到了一些信号，不过基本上不是电视就是电脑，没发现窃听器或摄像头之类的。"

走上走廊，晴美摊开了手绘的图纸。

"这个房间也没问题……"

每查完一个房间，就在图纸上打个叉，标记下来。

"伊莎贝尔，你那边怎么样？"晴美问道。

"不可思议。"

"什么意思？"

"虽然没有清晰地感觉到，但也不是什么都感觉不到。"

"这……"

"我也是第一次有这种感觉。"伊莎贝尔有些纳闷。

"总而言之，接着往下查。"片山催促了一句，"福尔摩斯，你在干什么？"

走廊上，福尔摩斯走了过来。它根本不理会片山他们，独个儿沿着墙边一直往前走。

"别管它。福尔摩斯自有打算。"

晴美开始检查下一个房间。

查完最后一个房间，已接近半夜。

片山他们始终没能在任何一个房间里发现摄像头或窃听器之类的东西。

"就是这样。"晴美用手机向唐泽惠美报告调查结果，"一无所获。"

"辛苦了。"惠美说道，"你们先好好休息一下。明天白天，我也会过去。"

"拜托了。"晴美打了个呵欠，"累死了！"

"福尔摩斯呢？"

"不知道……"

或许是晚饭吃得太饱了，晴美的眼神有些呆滞。

"我……就这么睡了。"

"喂……"

"没事……就睡一小时……"

还没说完，晴美就睡着了。

"看这情势，估计不到早上是不会醒了。"片山耸耸肩，"话说回来，福尔摩斯到底在干什么？"

片山走出客卧，在走廊上巡视一圈。

"喂……福尔摩斯，你在哪儿？"

片山边走边轻声地呼唤。

"喵——"

身后突然传来猫叫声，片山吓得差点儿跳起来。

"别吓我！"

"喵——"

福尔摩斯像在催促片山，又叫了一声，迈出了脚步。

"怎么了？"

片山跟过去一看，发现福尔摩斯在卧室门口停下脚步。

"怎么？你也要进去？你睡沙发吧。"

福尔摩斯似乎不打算睡，它抬头看着片山，伸出左前脚。

"左手怎么了？啊？"

片山弯下腰伸出左手，福尔摩斯用爪子碰了碰他的手表。

"手表？你要我怎么做？"

福尔摩斯冲到房间的角落里，扭过头，做出随时准备往前冲的姿势。

"你是说……你要我给你计时？好嘞！"

片山抬手看着手表，等到秒针走到起始位置。

"好！"

片山挥挥手。

福尔摩斯用稍快的速度沿着卧室走廊一侧的墙壁向前冲。它一口气从房间的一个角落冲到另一个角落，回头看向片山。

"十一秒左右。"

片山说道。

福尔摩斯走到门边，叫了一声。

片山打开门，福尔摩斯进入走廊，在走廊墙边摆出了和刚才一样准备起跑的姿势。

"这里也要测一下？好……开始！"

福尔摩斯用和刚才在屋里同样的速度沿着走廊跑起来，

从并排的房门前笔直往前冲。

片山的房间在最边上，旁边是楼梯。福尔摩斯在转角处停下，回头看。

"十四秒。"片山看了看福尔摩斯，"三秒钟的差距，怎么了？"

"喵——"

"等一下。"

刚才，福尔摩斯恐怕是故意用同样的速度奔跑的。

这么说来，走廊和屋里有着三秒钟的差异。也就是说……

"是吗？说不定……"

片山回到房间，从包里拿出卷尺。

然后，他动手从房门沿着屋里的墙壁一直量到角落里，又走入走廊，测量从房门到转角处的距离。

"是这么回事啊，"片山站起身来，"福尔摩斯，难道你是想说……"

"喵——"

福尔摩斯叫了一声，像是在说："你终于明白了？"

用卷尺一量就发现，屋里的墙和走廊上的墙有近两米的差距。走廊上的墙更长一些。

"两米厚的墙？"

这里不是要塞，不可能有这么厚的墙。

"是这么回事啊！"

片山之前只想到了窃听器和麦克风，以为只要没测到信号，就应该没问题。

实际上根本不是这样。这堵墙里有夹层。毫无疑问，从夹层里，肯定能用肉眼窥探屋里的动静。

这就是两米厚的墙壁的用途。

藏在墙的夹层里到底是为了什么？

片山愣住了，在走廊上站了半晌。

片山本想把晴美叫醒的，但她一直发出熟睡了的、豪迈的呼吸声。

要把她叫醒，不是一件容易事。

"明天一早再来叫她吧……"片山自言自语道。这时，敲门声响了。

"哪位？"

片山问道。

"我是铃木。您还没睡吧？"

片山打开房门。伊莎贝尔·铃木披着睡袍，里边似乎穿了件睡衣，站在门外。

"您正准备睡觉吧？"

"不，我待会儿才睡。我妹妹倒是睡得不省人事了。"

"刚才我也上床了，都有些犯迷糊了……"

伊莎贝尔说道。

"发生什么事了？"

"打了个喷嚏。"

伊莎贝尔说道。

"感冒了？"

"啊，不是……不是我，是别人。"

"你的意思是……"

"我的房间里应该只有我一个人才对，可是我当时听得很清楚，是打喷嚏的声音。"

"也就是说，距离很近，是吧？"

"对。很明显，感觉就是在房间里。当时我立刻从床上爬起来，打开灯在房间里找了一圈，浴室、壁柜、洗手间……都看过了，却没发现有其他人。"

片山心里很清楚。想必伊莎贝尔的房间里也有墙内夹层，有人藏在那夹层里。

"我感觉心里有些发毛……"

说着，伊莎贝尔像是突然有些冷，双臂交叉抱在胸前。

"那我们去找一下吧。"

片山说道。

"上哪儿找？"

"你的房间。"片山说道，"只不过，估计我妹又要大吼大叫说'为什么不叫醒我'了。"

"喵——"

福尔摩斯似乎表示赞同。

"抱歉，麻烦你来帮我把她叫醒吧。"

片山对伊莎贝尔说。

听了片山的话，伊莎贝尔有些不情愿。

"可是，这么做……"转念过后，她又叹了口气，"好吧。"

伊莎贝尔走到呼呼大睡的晴美身旁，深吸了一口气。

"呀——"

发出了凄绝的尖叫声。

晴美立刻跳起身来。

"怎……怎么了？"

她大声叫嚷着。

"早上好。"

伊莎贝尔没头没脑地问候了一句。

15　黑暗中的相遇

"把我的魂儿都吓飞了，真是的！"

晴美瞪着哥哥。

"有什么办法？要不我去弄块湿毛巾来蒙在你脸上？"

"算了……那还是尖叫吧。"晴美耸耸肩，"幸好不是哥哥的尖叫。"

"不过话说回来，你的尖叫声真有魄力。"

片山对伊莎贝尔称赞道。

"光靠算命这行，也挺辛苦，很难坚持下来，所以我也会给电视剧做点儿配音之类的。我经常配的音就是帮忙在发现尸体的时候发出尖叫声……"

"哦……"

"你们稍等一下。"

晴美走进浴室，用凉水"哗哗"地洗了把脸，一边用毛巾擦脸一边走回来。

"事不宜迟，咱们这就动手吧？"

"关键在于我们该从什么地方进入那个秘密夹层。"

"这就真的很没礼貌了，去窥探别人睡熟时的模样。"

片山等人来到走廊上。

"刚才打喷嚏的那个人不想被伊莎贝尔发现，估计已经离开夹层了。从房间的构造来看，应该能找出夹层的位置。"

"如果夹层在有窗户的那面墙上，屋里的人就会发现墙的厚度不对劲了。"

"没错。那我们先从伊莎贝尔房间的观察孔开始吧？福尔摩斯，拜托你啦。"

"喵——"

福尔摩斯叫了一声。

如果心里什么主意都没有，瞎蒙乱撞，估计确实挺难发现问题。但如果从一开始就知道有问题，那么要发现问题就不是什么难事了。

墙纸的花纹看起来像淡淡的纹章，仔细观察后，晴美说道："这儿。"

"找到了？"

片山凑过去，掏出随身手电筒，照了一下。墙纸花纹的纹章看起来似乎稍微凹陷下去一些，只要用手电筒的光稍微斜着一照，就能看得清清楚楚。

"确实是在这里。"片山用圆珠笔的笔尖一捅，开了个直径一厘米左右的小洞。

"果然，"伊莎贝尔凑近，"居然有人偷偷监视……"

"可这到底是为什么……小洞背后一片漆黑。估计刚才那个打喷嚏的已经逃走了……"

"夹层的出入口到底在哪儿？"晴美在屋里环视。

"喵——"

福尔摩斯坐在墙边叫了一声。

"是吗？"片山眼中射出惊讶的光芒，"观察孔应该在和隔壁房间共用的墙上。其他房间也一样。"

"啊，是嘛，"晴美点点头，"有窗户的一侧、有门的一侧都没法把墙造得那么厚，一眼就会被看出破绽。"

"那么都在和隔壁房间共用的墙上？"伊莎贝尔说道，"这些夹层会不会连起来？"

片山稍作思考。

"下边。"

"下边？你是说　楼？"

"一楼的墙应该也是很厚的，估计其中一定有很窄的楼梯，能往来于一楼和夹层。"

"要是在一楼建个出入口，那就更方便了，甚至可以通到宅子外面。"

"好，我们去一楼看看。"

三人离开伊莎贝尔的卧室，匆匆向楼梯走去。

"这栋宅子不是屉林先生建的吗？"晴美边走边说，"这么说来，应该是从一开始就是这样的？"

"应该是，却不知为什么……"三人和福尔摩斯正走下楼梯，突然间，灯光熄灭，四周彻底被黑暗笼罩。

"怎么回事？"

"别动。"片山说道，"要是踏空摔下去就危险了。"

他用随身手电筒照亮脚下。

"小心点儿。注意脚下。"

三人小心翼翼地走下楼梯，福尔摩斯先一步到达楼下。

"这种时候还是猫最得力啊。"

手电筒的光一照，福尔摩斯的眼睛发出了绿色的光芒。

"停电了？"

伊莎贝尔问道。

"未必。这么大的宅子，就算停电也会有应急照明吧？"

一楼的走廊上也是一片漆黑。

"哥，客厅那边有灯光。"

房门下方照进来些许光亮。

片山打开门。

"是外边的光。"

他穿过客厅，拉开面朝庭院的窗帘。尽管院子里的照明灯熄灭了，但街灯的光照射进来。虽说这里地处郊外，但不是在山里。附近不光有人家，街灯也很明亮。

"你们留在这里。我去把昭江女士叫醒，问问她电源是怎么回事。"

片山握着手电筒，走出客厅，来到一楼的走廊上。

"昭江女士，昭江女士！"

片山不清楚昭江到底睡在哪个房间，大声叫起来。

"喵——"

跟随而来的福尔摩斯高声叫了一声。

"怎么了？"

扭头去看福尔摩斯的一瞬间，片山的手电筒被拍落，掉在地上。走廊上一片漆黑。黑暗中，片山感到有人正面对面地站在自己前方。

"是谁？"片山说道，"我是警察。你是什么人！"

只能听到对方喘粗气的声音。

"喵呜——"漆黑之中，只听福尔摩斯发出威吓的低吼，"嗖"地飞身扑向对方。

"哇！"

对方发出一声惊叫，"嗒嗒嗒"地逃开了。

"站住！"

片山拔腿要追。

"怎么了？"

昭江的声音传来，举着手电筒走过来。

"昭江女士！当心！"

"啊？"

男子逃走的身影飞上半空，"咚"的一下撞到昭江身上。

"呀！"

昭江一屁股往后跌坐下去。

与此同时，她手里的手电筒滚落在地。

"你没事吧？"

"嗯……只是吓了一跳。"昭江把手贴在自己胸前，重重地喘了口气，"没事。不好意思。"

随后，她拉着片山伸来的手站起来。

"似乎不是停电。外边的灯还亮着。"

"我发现不对的时候，房间里已经一片漆黑了……如果是停电，应急电源会启动，灯也会亮。刚才那个人是……"

"不清楚，你看到他的长相了吗？"

"没有，毕竟太突然了……是小偷吧？"

"哥,你没事吧?"

晴美和伊莎贝尔也离开客厅跑过来了。

"嗯,刚才昭江女士……"

片山的话说到一半,只听福尔摩斯"喵"地高叫起来。

"哥……有一股很奇怪的味儿。"

"嗯……怎么回事?"

片山把电筒光照向走廊深处,发现一缕奇异的烟雾正缓缓蔓延开来。

"瓦斯?"

"说不定是毒气。快到屋外去!"片山高声叫嚷,"昭江女士,你也快走!"

"可我一身睡衣……"

"没工夫管这些了!快到屋外去!"

"那个……先前太太送给我的皮包……"

"皮包?"

"可惜了,我一次都还没用过。我去拿。"

"没时间管这些了!"

片山动手硬推着昭江向玄关而去。

这时,烟雾散发着奇怪的气味,开始向走廊上蔓延了。

"别把烟雾吸进去!"

片山憋住呼吸，向屋外飞奔。

"离建筑物远一些！"

"哥，这烟雾不会飘散到附近人家去吧……"

"是啊。风向不对的话，说不定会飘散开来的。必须立刻通知他们避难。晴美，你带手机了吗？"

"带了。"

"立刻安排一下，叫人来把附近封锁起来。"

"好的。"

宅子的玄关和窗口周围，渐渐地飘散出烟雾了。

"怎么到附近的人家去？"

片山问昭江。

"我来带路。"

昭江明白了事态的严重性，穿着睡衣快步冲出去……

接下来的一小时里，周围的骚乱简直跟上了战场似的。话虽如此，片山并未见识过真正的战场到底是什么样。总而言之，万一那烟雾是毒气就麻烦了，所以他只能挨家挨户地敲门，让他们出来避难。距离宅子五六十米处有一家公司的住宅小区，要把这些人都叫出来，工作量可不是开玩笑的。

不一会儿，化学消防队和毒气专家组到了。众人郑重其事地戴上防毒面具，进入屉林家的宅子。即便冒着寒风，片山也出了一身汗。他和晴美等人一起逃到上风口，一脸紧张地看着事态的发展、演变。可是……过了三十分钟左右，查明了那股黄色烟雾虽然有味道，却没有任何毒性。

"太好了。"

伊莎贝尔放了心。

"哎呀呀，周围这么冷，估计那些避难的人会叫苦不迭。"

"这也没办法，如果真是毒气，就要出大问题了。"

晴美说道。

"嗯，话虽这么说……"

为了让宅子里的烟雾排散到屋外，众人打开了所有门窗。

"稍微释放一会儿，烟雾自然会消散。"

一名消防员摘下了防毒面罩，说道。

"我还是去把太太送给我的皮包拿出来。"

昭江说道。

"等烟雾散掉再去也不迟啊。"

片山这样劝道。

"不，要是让那气味沾到皮包上，我就没法带它出门了。"

昭江还是进入了宅子。

"话说回来了，那股烟是怎么回事？"晴美说道，"这事确实有点儿令人纳闷。"

"说的是啊。不清楚对方这么做的目的到底是什么。"

"为了逃跑？要真是这样，似乎小题大做了。"

"嗯……只要查一下就知道那不是毒气，动手的人应该也很清楚这一点。"

片山说道。

"喵……"

福尔摩斯似乎不安地叫了一声。

"如果对方的目的是让所有人远离那栋宅子……"

片山喃喃道。

就在这时，大地突然晃动起来。

不，准确地说，是在晃动之前发生了巨大的爆炸。

"哥！"

晴美说道。

伴随着大地的轰鸣，屉林家的宅邸彻底化作一片废墟。看这阵势，估计应该有人事先在宅中各处都装设了炸弹，数秒钟内，整座建筑彻底坍塌了。

漫天飞舞的烟尘腾上半空，笼罩了四周。

"怎么了？"晴美还没醒过神来，"出什么事了？"

"宅子……消失了。"

片山哑然失语，惊讶程度丝毫不亚于晴美。

"啊……"伊莎贝尔跑了过来，一把拽住片山的胳膊，"怎么会这样……"

无论说什么，都难以形容当时的场面。

待烟尘缓缓沉落下来，剩下的只有一片瓦砾残片的小山。

"幸好都撤出来了。"

消防队员松了口气说道。

晴美突然倒吸一口凉气。

"昭江阿姨！"她高声叫嚷，"哥！昭江阿姨她……"

"糟糕！她又回宅子里去了！"

片山向已经彻底坍塌的建筑物冲去。

"危险！"

消防队员赶来拉住了片山。

"别靠近！"

"可是……"

"瓦斯事前泄露了，稍有一点儿火花，或许会再次爆炸！"

"可是里边有人……"

"等一下再去搜索救援。现在这里很危险。"

片山好不容易才克制住冲动。

"好吧。"

"哥……"

"不管怎么看……估计都没救了。"

片山感觉胸口像被人用重锤敲打。

"为了拿个包……"

"总而言之，还是先通报一下吧。"

片山从坍塌的建筑物旁走开，拨通唐泽惠美的电话。

"喂？我是片山。"

他一边跟惠美说明情况，一边像是仍无法相信自己的眼睛，瞥眼看着那栋建筑的惨状。

16　茶话会

"要办。"

咲帆斩钉截铁地说道。

"咲帆小姐，"晴美一脸为难地看了看咲帆，"办什么？"

"当然是茶话会。"

咲帆说道。

"可是……"

"昭江阿姨都准备好了。虽然我不知道是谁干的，但即便为了昭江阿姨，茶话会也必须办。"

照明灯光下，坍塌宅邸的惨状浮现眼前。

接到片山的消息，咲帆和惠美都赶来了。

"惠美。"

"在。"

"箱根那边的山庄能使用吗？"

"嗯，随时都可以。"

"那么，今天还是按照预定的那样举办茶话会。"

"好。"惠美毫不犹豫地回应道，"只不过即便派人去接，到达山庄那边也还是需要花点儿时间的。我们是不是把时间稍稍延后一点儿……"

"确实。这样一来，茶话会就变成晚餐会了。"

"稍微准备一些垫垫肚子的三明治，那么即便仍是办茶话会也没关系。"

"那就拜托你了。"咲帆点头道，"这也是为了昭江阿姨，你要好好准备啊。"

"包在我身上。"

惠美稍稍离开几步，掏出手机和各方面联系起来。

"片山警官。"咲帆说道，"能请你也走一趟吗？"

"当然可以。"

"谢谢。不过对方为什么要把宅子破坏成这样？"

片山和晴美对视了一眼。

咲帆立刻觉察到了，问道："片山警官，发生什么事了？"

"嗯。这栋建筑有问题。"

"什么意思？"

片山跟咲帆说明了自己发现墙内夹层的事。

"说不定对方是为了掩盖这个秘密才把整个建筑都炸掉。"他推断道。

"那这夹层又是为什么……"咲帆有些纳闷，"总而言之，我们必须先找到昭江阿姨。大概……虽然我希望她没事，但估计这是不大可能的了。"

就在这时，石津赶来了。

"晴美！你没事吧？"

"石津，你来了？"

"当然！福尔摩斯也没事吧？"

"喵——"

"我就无所谓了，是吧？"

片山问道。

"啊，我觉得片山你应该没什么问题。"

"为什么？"

片山苦笑道。

"嗯，话说回来……消失得还真够彻底啊！"石津对面前的光景似乎有些不敢相信，一直盯着坍塌的宅子。

"咲帆小姐。"惠美回来了，"有几件事需要请您拍板。"

咲帆和惠美走开几步，讨论有关茶话会的事宜。

片山的手机响了，他也走开几步讲起了电话。

"这种事根本连想都想不到。"

伊莎贝尔·铃木摇头道。

站在夜半时分的寒风里，众人都在身上裹了毛毯。

"咲帆小姐似乎还是坚持举办茶话会……希望箱根的山庄那边最好别再出事了。"晴美说道。

"这次我一定会紧紧地跟在你身边。"

石津挺起胸说道。

"谢谢你，石津。"

晴美微微一笑，挽住了石津的胳臂。

片山一脸苦涩的表情，走了回来。

"哥，怎么了？"

"刚才科长打电话过来……"片山说道，"说是这次案件由国安警察负责，叫我们别插手。"

"国安警察？为什么？"

片山盯着眼前坍塌的宅子。

"你想，能把这么大的宅子一下子彻底破坏，下手的必然是爆破专家。"

"确实如此。"

"还有，先前在停车场里，有人用火箭炮引爆了车子。这两件事都不可能是平民能做到的。"

"这么说来……"

"但也不能就这样袖手旁观。我会去箱根的山庄走一趟，你最好别去了。"

"你觉得这么说了，我就会乖乖地不去吗？"

"我不觉得……"

"那就好。"

晴美点点头。

"好了，我们回去稍微休息一下。"片山说道，"准备参加今晚的茶话会。"

"也是，你都没合过眼。"

"还有其他事要调查。好了，出发吧。"

片山催促道。

"我来开车。"

石津提议道。

片山、晴美、伊莎贝尔和福尔摩斯都上了车。车子驶上了夜色朦胧的道路。

副驾驶座上的片山打了个哈欠。

"好累！到了之后叫醒我。"

说着，他想动手放倒座椅的靠背。

"机关在哪儿呢？是这个杆儿吧？……哇！"

座椅突然往后猛地一滑，片山惊叫起来。

"你干什么呢？"

晴美叹了口气。

"嗯？收音机开了。"

"我的脚碰到的。"

片山稍稍调整了座椅靠背。

"想调到合适的位置还真难，真是的！"

片山抱怨道。

"石津，你把收音机关了。"

"好。"

"等一下！"晴美说道，"石津，把声音调大一点儿。"

"啊？收音机吗？"

"对。刚才那个名字……"收音机里传出了声音，"今天的嘉宾是最近一段时间在电视综艺节目和电视剧里频频出镜的会田胡桃小姐。"

"果然！刚才我听到的就是她。"

"晚上好，我是会田胡桃。"

"抱歉，半夜请您过来。"

"没事，由于以前的工作关系，我夜里一般睡得很晚。"

"听说胡桃小姐是在原宿街头遇到星探的？"

"是。先前虽然经常听人这么说，但我从没当真过，所以当时确实挺吃惊的。"

片山稍稍皱起了眉头。

"我说，这不是那个叫菊池的恋人嘛……"

"是啊，就是那个胡桃。"

"她不是成人影片女演员吗？怎么会在原宿遇到星探？"

"哥，你不知道吗？当时她是从拍摄现场突然被带去电视台的。"

"后来就出演电视剧了？"

"她也不大清楚原因。当时惠美去探望菊池，看到她一身套装，还吃了一惊。"

"这件事倒是有点儿玄乎。"

"据说大家都绝口不提她以前出演过成人影片的事。后来又都说她是在原宿遇到了星探。"

"哦……"

片山听了一会儿收音机，不一会儿就迷迷糊糊了。

"喵——"

福尔摩斯从后座跳起，落在片山身上。

"喂！吓死我了！别弄醒我啊。"

片山惊魂未定。

"那么我们就来听一听听众点播的胡桃小姐的歌曲吧。"

"有劳了。"

片山坐起身。

"这是直播？"

"大概是。干吗这么问？"

"石津，你把车开去这个节目的直播录音棚。"

"啊？可是……"

"我要见她。"

"你成了胡桃的粉丝？"

晴美一脸惊异。

"不，这种事不可能平白无故地发生。我想了解详细情况。你知道是哪间录音棚吗？"

"等一下，我这就查查。"说着，晴美掏出手机，"我有个朋友在这家电台……喂？我，片山晴美，抱歉这么晚打扰你……"稍微聊了几句，晴美对片山说："她恰巧就在这间录音棚。"

"那你跟对方说我们这就过去。顺便叫对方转告会田胡桃，说录音结束后先别走，等我们一下。"

"好……喂？"说完，晴美挂断电话，"怎么回事？你怎么突然要去见胡桃？"

"我有一种直觉。"

"怎么？"

"不是随便什么人都能轻易地把会田胡桃解救出来的。

从先前的经过来看，知道有人把胡桃从医院带去拍摄现场的只有佐佐木理佳和菊池本人，是吧？"

"应该是。"

"佐佐木理佳是大学生，她应该不认识那些能让电视台出手的大人物。这么一来，当时解救胡桃、让她上电视的，只有菊池了。"

"可是……菊池是被BS通信机辞退的人啊。"

"表面看是这样的。"

"你想说，实际上并非如此？"

"菊池以前是BS通信机的优秀研究员。那家公司有非同寻常之处。"

"哥，你是指你和惠美看到的那间地下会议室？"

"当时和社长佐佐木见面的人，身边是带着保镖的。说不定BS通信机承接了惠美和咲帆小姐都不知道的机密业务。"

"机密……"晴美喃喃道，"咲帆小姐车上的窃听器？"

"先去见胡桃，再从她那里找线索。"

片山的瞌睡彻底飞到了九霄云外。

这时，车子即将进入市中心。

"片山警官，晴美，"会田胡桃已经在录音棚的玄关处等着众人，"当时真是给你们添麻烦了！"

一瞬间，片山没有认出眼前的胡桃。

"啊，你还真是大变样儿了。"

"只是化了个妆。"胡桃有些害臊，"衣服也换了。俗话说，人靠衣装马靠鞍，对吧？"

"你本来就很漂亮。"晴美说道，"也有明星的光芒。"

"谢谢，"胡桃羞红了双颊，"好了，出什么事了？这么大半夜的……"

片山犹豫了一下。

"其实呢……我有些事想问你。送你回公寓吧，路上聊。"

"好……啊，我搬家了。"

"搬家了？"

"毕竟收入增加了，就另外租了套房子。"

"和菊池一起吗？"

晴美问道。

"嗯。他现在好些了，工作也多了不少。"

"那真是太好了。好了，上车吧。"

车子很大，即便胡桃坐在后座也不显得挤。

刚发动车子，片山便向胡桃询问起了出演电视节目的事。

"是一个叫近江的人，是吧？"

"对。那人很厉害，制片人一看到他，脸色就变得铁青。"

"近江……你有没有问过他是什么人？"

"没有，他们什么都没告诉我。"

片山思考了一阵子。

"莫非……"

他喃喃念道。

"片山警官，你想到些什么线索了？"

"我记得不是特别清楚，不过听说前大臣里有个叫近江的，在电视圈拥有庞大的势力。说不定菊池认识那个近江。"

"他？"

"菊池在公寓里吗？"

"不清楚……我每天晚上回去得都挺晚，他也总不在家。"

"先去看看。如果有可能，我想跟他聊聊。"

车子驶进一片安静的住宅区。

"就是前边那幢公寓，"胡桃说道，"在左边。"

"石津，停车。"

片山说道。石津在公寓门口把车停下来，恰巧另一辆车也在公寓门前停下。

"是他。"胡桃说道。

菊池从另一辆车上下来了。

"这辆车可真够气派的。"晴美说道。

"是防弹的特别用车。"

"谁的车？"

"我想找菊池问的就是这件事。"片山说道，"石津，盯住那辆车。"

"好。"

"胡桃，你最好在这里下车。"

"不。"胡桃的表情有些僵硬，"我想知道……他到底瞒着我什么事。"

菊池走进公寓，不一会又出来坐到了车上。

片山等人隔了一段距离，跟了上去。

"这条路是不是通往BS集团大楼？"晴美问道。

"大概是。"片山点点头。

"那么说不定……"

片山掏出了手机："喂，我是片山。"

"啊，你在哪儿呢？"唐泽惠美问道。

"咲帆小姐呢？"

"我刚刚在宾馆门口让她下了车。"

"我正前往BS大楼。"

"怎么回事？"

"你能过来吗？"

"当然可以。半夜三更的，莫非是上次的……"

"或许对方又要开会了。"

"我立刻过去。"

片山挂断电话。

"请告诉我，"胡桃说道，"有关菊池的事。他在干什么？"

"我现在就是去调查这件事。"片山说道。

隔了一会儿，胡桃开口了："我觉得他似乎有事瞒着我。一开始我以为是为了女人，但又感觉不大像……不过我爱他，就算他撒谎，我也立刻就能看出来。"

"胡桃。"晴美轻轻地把手搭到她肩上，"你别想太多。"

"可是……"话说了一半，胡桃沉默了，双眼盯着前方。

惠美在BS集团大楼前等候已久。

"片山警官。"

"车呢？"

"有一辆和你描述的很像的车停在大楼背后的小路上。"

"是吗？估计他们不能把车开得太接近那间地下室。"

"我调查过了。"惠美说道，"那地方原本是仓库的一部分，换气通道连通一楼最深处的热水室。想来应该是能打听出些情况来的。"看到从车里下来的晴美等人，惠美又说："啊……胡桃。"

"现在，在那间秘密会议室里……"片山的话说到一半，没有再说下去。

"菊池就在那里。"胡桃说道。

"啊？"惠美睁圆了眼睛，"他……"

"总而言之，先去看看里边的情况。"片山说道，"但我们不能这样一帮人大张旗鼓地进去……"

"石津，你在这里等一下。"晴美说道，"没有其他人适合在这里等着了。"

"没办法。大家一定要保持安静……入口在哪儿？"

"从地下停车场过去。这样最不容易引人注意。"

"好。"

就这样，片山等人沿着通往停车场的狭窄楼梯走下去。

"接下来走应急楼梯上去。"

惠美说道。

停车场里静悄悄的，没有半个人影。

"那扇门背后……"

"嘘！"片山说道，"有车过来了！"

引擎声传来。

片山等人赶忙躲到停车场的车子后面。

一辆车开过来，在电梯前停住了。车门打开，从车上走下的女子正准备乘坐电梯，

"谁？"女子突然回过头来问道。

她大概觉察到躲藏着的几个人的气息。

"喵——"

福尔摩斯快步冲过去。

"是只猫……怎么跑到这地方来了？"

BS电机社长今井的妻子瞳按下了电梯按钮。

电梯上行后，惠美终于舒了口气。

"是今井瞳。"

"她大概要出席会议。"片山说道，"走吧。"

惠美轻轻打开通往应急楼梯的门。

"要是发出了脚步声就麻烦了，我们把鞋都脱了吧。"

她小声说道。

这时，门突然开了。

"众位，欢迎。"打开门，咲帆一脸笑容地说道，"欢迎来参加我的茶话会。"

众女士有些犹豫。

"您好……"

"初次见面……"

大家寒暄了一番。

"不过话说回来，还真是有点儿寂寞呢。"平原玛利亚说道，"有两人去世了……"

"今井太太呢？"

浅田实子问道。

"她居然会缺席，真奇怪啊。"

藤田志乃舞感叹道。

"她联系过我了，"咲帆说，"说稍晚些再过来。"

房门打开，唐泽惠美也露面了。

"其他各位也到了。"

"是吗？你带他们进来吧。"

"其他各位？"平原玛利亚问道，"还有谁？"

"毕竟是第一次，有几位说希望也能来参加。"

进屋的是BS国际的北畠敦子和BS通信机的佐佐木两位社长。"我算是万花丛中一点绿啦。"佐佐木似乎有些害臊，"我来参加，合适吗？"

"请坐吧。"咲帆说道，"除了这两位，还有其他来客。"

进屋的是伊莎贝尔·铃木和会田胡桃。

"我来介绍一下。"咲帆刚说到这里，房间里的电话铃响了，"稍微失陪一下。"

她接起电话。

"喂？……啊，是今井太太啊。我是咲帆。其他各位都已经到了。"

"是吗？"今井瞳说道，"各位都到齐了？"

"对。"

"太好了，如您所愿。"

"您呢？估计还得过一会儿吗？"

"我估计今天去不了。"

"啊？可是……"

"估计……今后我也不会再见到您了。"

"这话是什么意思？……喂？"

电话挂断了。

今井瞳的眼神从手里的手机转向了森林深处的山庄。

夜半时分，山庄的灯火让人觉得有些刺目。

瞳按下手机按键，拨通电话，

"喂？我在能看见山庄的地方。"她说，"拜托了。"

瞳挂断电话，坐进自己的车里，隔着车窗玻璃看着山庄的灯火。接下来的一瞬间，山庄像发射火花般，玻璃碎成齑粉，宛若光雾似的扩散开来。紧接着，转瞬间，山庄就被火焰笼罩。火焰照亮了夜晚的森林，火苗向空中不断飞蹿。

"真美。"

瞳喃喃着发动引擎，开动车子。

她甚至没有回头去看一眼熊熊燃烧的山庄……

瞳走进BS集团大楼，穿过不见半个人影的大厅进入电梯。

会长室。

瞳站在门口，深深地叹了口气。

"这下，这个房间是你的了。"

瞳一边喃喃着一边打开了会长室的房门。

与此同时，灯亮了。

"欢迎参加茶话会。"

咲帆说道。

瞳愣住。会长室里聚集着本该死于那场大火的所有人。

"这……"

"很简单。"

背后传来人声，瞳扭头一看，只见片山站在自己身后。

"你给山庄打电话时，我们已经事先找人把接往山庄的电话转接到这里了。"

瞳不由得一个趔趄。

"可……为什么……"

"毕竟箱根离这里挺远的。"咲帆说道，"我决定，第一次茶话会在这里办。"

"喵——"

福尔摩斯在会长办公桌上叫了一声。

瞳感觉眼前天旋地转，伸手抓住了墙边的架子。

"为什么？这不可能！"

"瞳。"肥硕的今井走进了会长室。

"老公……"

"你为什么要这么做？"

"我……我想让你来做会长啊！这不是理所当然的吗！"

"我从来没有这种想法。"

"我有啊！我有！"瞳无力地瘫坐在地。

"我协助了警方。"佐佐木说道，"你连我都想杀掉？"

"这一切原本就是个错误。"片山说道，"屈林先生，能请你来说两句吗？"

"会长！"

惠美叫起来。

屈林宗佑站在门口。

"会长……您还活着？"今井说道。

"现任会长是川本咲帆。"屉林说道，"我在公开场合已经是个死人。"

"你为何……"

"抱歉，给众位添麻烦了。"屉林说道，"在BS集团，业绩最差的就是BS通信机。当然，这也是理所当然的，所以我在这里不打算责怪佐佐木。但是佐佐木为了提升业绩，设法接触了国安人员。"

佐佐木低着头。屉林继续说道：

"不光监控整个街镇，国安还希望入手一些窃听器或可以监控到个人生活的超小型摄像头。佐佐木瞒着我开始研发、生产这些东西。"屉林一脸严肃，"不久，这件事传到了我的耳朵里，我立刻把佐佐木找来，要他停止这类项目。"

"那为什么……"

惠美的话只说到一半。

"是那栋宅子吧？"

片山问道。

"对。国安其实知道那栋宅子里的秘密夹层，他们跟我说，如果我不听他们的话，他们就把那件事公诸于众。"

"为什么要那么设计？"

惠美问道。

"这个嘛……是我的个人兴趣。"

"偷窥?"

"与其说是兴趣,不如说是一种病态。说来惭愧,但我实在戒不掉。所以在建造的时候,我就设法弄成了能偷窥客卧的设计。但如果这件事被公诸于众,我就完蛋了。"屈林叹了口气,"所以我没有办法,只好照他们说的去做。BS通信机的业绩得到提升,更重要的是跟政府勾结上了。但我个人很苦恼。我不希望总是任人摆布,所以……"

"你想让公众以为你死了,是吧?"

片山说道。

"当时我把彩子的晚餐会客人召集到一起,准备跟她们说我要做个实验。其实那个实验就是要在她们家里安装监视摄像头,让她们在摄像头下生活一段时间。我想动手验证一下:虽然没有任何犯罪行为,只是个人隐私被偷窥,究竟会对人造成多大的精神压力。可那时我接到了佐佐木打来的电话,说国安又派来了新任务。所以我下定决心……"

"给所有人设了一个假死的局,是吧?"

惠美问道。

"我事先安排了一个前赛车手,本来是要他设法在车子跌落悬崖前从车里逃离出来，但没想到他失手了。"

"确认尸体的事呢？"

"我收买了牙医，毕竟我和他打交道好多年了。"

"话说回来，那之后您又打算怎么办呢？"

"我准备先让彩子暂时继承，再转给咲帆。有关咲帆的事，是我偶然遇到前女友幸子，从幸子那里听说的。"

"为什么找我……"

咲帆问道。

"由你来担任会长，佐佐木会更放心，做事也会更放肆。我已经调查到了，佐佐木和政府之间有不正当的金钱往来。我要等这件事变得铁证如山之后再设法检举，然后和国安彻底划清界限。"

"可您太太……"

"有媒体觉察到那栋宅子里的秘密，闻风而来。如果这件事曝光，对于彩子来说是一种耻辱。这时候，刑警来了，彩子以为刑警是为了那件事而来。"

"所以她自杀了？"

"也因为我故意隐藏行迹的缘故。我没想到居然招致那种后果……"屉林叹了口气，"但纸包不住火，迟早有一天，秘密会被发现。佐佐木觉得要是那件事被公众知晓，BS集团的形象就会大受损害，就拜托国安动手炸掉了那栋宅子。"

"所以当时你想用那股烟雾吓唬宅子里的人，让宅子里的人都出去避难，是吗？"片山说道，"可是昭江女士……"

"我完全没想到。"屉林点头道，"真是太可怜了。"

"话说回来，厚川沙江子和里见信代为什么会遇害？"惠美纳闷道。

"大概是因为他们觉得我当时可能在那座山庄里把一切都说出来了。不，应该是今井瞳这么跟他们说的。"

瞳脸色铁青地跌坐在地板上。

"然后就想一举把所有人都葬送掉？真够毒辣。"片山说道。

"你连我都想杀吗？"

"你这个人胆子太小了！对方也这么觉得，才会把事情交给我办。"瞳说道，"想逮捕我可没门！我是在协助国安。"

"那也不能动手杀人。"片山说道。

"又不是我动手。"

"或许如此。"

"屉林先生，"咲帆上前一步，"我妈妈呢？她在哪儿？"

"她很好，眼下她应该正朝这边赶来。她知道我的事，我才让她暂时不要出现。"

"她还活着！太好了。"咲帆把手贴在了胸口。

"那个……"藤田志乃舞小心翼翼地说道，"我得向咲帆小姐道歉。在成田要动手刺杀你的其实是我。"

"啊？为什么？"

"不，刚开始我也不想那么做的！但我以为只要我这么做了，你就会心生恐惧，会放弃会长的位置……是佐佐木要我这么做的。"

"胡说！"佐佐木涨红了脸。

"我先前反对过那项业务。"今井说道，"可不知从什么时候起，我妻子就开始出席那种会议了。"

"咲帆小姐车里有窃听器。被拆穿后，用火箭筒炸掉车子，也是那种会议决定的吗？"片山说道，"这么说来……对了，瞳太太，是你拜托那种会议，要他们把山庄炸掉的吧？你跟他们信口开河，说那边也有秘密夹层。"

"赶尽杀绝！"平原玛利亚说道，"你也太毒辣了！"

"你肯定是跟他们说'现在山庄里一个人都没有'，他们才动手炸掉山庄的吧？"晴美说道，"那么直接下手杀害厚川沙江子和里见信代的又是谁？"

半晌，没有任何人出声。

"你怎么……"开口的是会田胡桃。

站在会长室门口的是菊池。

"莫非……"惠美说道，"你莫非是因为不愿做那些事才辞掉工作的？"

"我是穷怕了。"菊池说道，"有一天，我在街上偶遇佐佐木，后来听说了那件事。他当时说必须有人来干脏活累活，又说等一切结束后会让我回公司，给我安排要职。"

"你……"

"胡桃，抱歉我对你撒了谎，但你不是成为名人了吗？"

"可是……"

"别担心，下手的时候，我没有留下证据。所以我绝对不会被逮捕。"菊池走到胡桃身旁，"好了，我们回去吧。这一次，我们可以和贫穷的生活说再见了。"

福尔摩斯高声叫起来。

"胡桃……"

菊池捂着肚子打了个趔趄。

"胡桃！"惠美一把拽住了胡桃的胳臂。

刀从胡桃手里掉到地上。

"我……就算一直去演成人影片，也心甘情愿……只要这么做能帮你……"胡桃蹲下身，哭了。

"快叫救护车。"片山说道。

"不……"菊池趴在地上，捡起地上的刀，"这伤……是我自己弄的……"

晴美拨打119的铃声响彻了会长室。

福尔摩斯凑到胡桃身旁，用鼻子蹭了蹭胡桃的手。

"啊……谢谢你……"

胡桃抱起福尔摩斯。

"刑警先生，请把一切公诸于众吧。不管结果怎么样，这也是为了彩子。"屉林神色凝重地说道。

这时候，有人问道："今晚您要在哪儿过夜呢？"

"啊！昭江！"惠美睁圆了眼睛，"你还活着？"

"一个好用人是不会轻易死掉的。"昭江说道。

"喵——"

福尔摩斯也开心地叫了一声。

终 章

"那么，接下来有请今天的嘉宾会田胡桃小姐！"

主持人话音刚落，震天响的掌声就笼罩了整个会场。胡桃一身漂亮的连衣裙现身，在掌声中坐到了舞台中的椅子上。

"胡桃小姐，你入行的契机是因为星探吧？"

"原本是这么安排的，但实际上并非如此。"

听到主持人的问话，胡桃笔直地看向摄像机镜头说道。

"啊？可是……"

"不管是在场的各位观众，还是电视机前的各位观众，想必都有一些曾经看到过我的人。"胡桃淡淡地说道，"在成人影片里。我曾经出演成人影片。"

主持人大吃一惊。

胡桃接着说道："隐瞒自己的过去是一件令人心酸的事。迟早有一天会有知情人把一切都说出来的，还不如自己坦白。只不过，我也不打算回到成人影片的世界了。"

这是一个公开节目，而且是直播。整个会场鸦雀无声。

"我有话要说。"胡桃说道，"那是把我和我曾经爱过的男人都卷进去的案件，和每个人都有关联……"

"是个有勇气的姑娘。"

屍林宗佑一边看电视，一边说道。

"她本人说，因为这是一场公开的直播，所以是最合适的场合。"晴美说道，"就算报道被删除，听到这些话的人也不会少。"

BS集团的会长室里。

"片山警官，这事会不会影响到你的立场？"咲帆问道。

"不用担心，我本来就是个小刑警。想再降我的级，也没办法降啦。"

片山说道。

"喵——"

福尔摩斯在晴美脚边表示同意。

"你如果失业就来找我吧。"唐泽惠美说道，"我养你！"

"别看我哥这人平时挺受欢迎，但真遇到事，他会逃跑。"

"用不着你管。"

尽管各方面都提到过案件的只言片语，却没有任何报道把事情的前因后果串起来。胡桃讲述的真相不知能传播多远。

即便如此，国安刑警高层为了"监视国民的私生活"而与BS通信机联手开发监视摄像头和窃听麦克风的报道还是登上了报纸。今井瞳听闻情报，得知了秘密会议，为了不让佐佐木成为BS集团的会长，她一直秘密策划让佐佐木失足。

"尽管邀约菊池参加这个计划的人是佐佐木，但半道上是今井瞳控制了菊池。"片山说道，"厚川沙江子觉察到瞳想让她丈夫坐上会长宝座，于是成了瞳的绊脚石。"

"竟然下手杀人……"惠美叹了口气，"以前的菊池可不是这样的人。"

"他不顾自己发着烧，下手杀害了厚川沙江子，最后落得住院的地步。"晴美说道，"他从佐佐木那里弄来了出入证，能毫无阻碍地出入大楼。"

"他对会田胡桃倒是挺好的。"片山点点头，"借着佐佐木的关系，找人谈好了让胡桃成为明星的条件。多亏这条线，我们这边才查到了真相。"

"之所以把那些碍事的人聚集在一起一下子收拾掉，归根结底，是因为瞳太着急了。"晴美说道，"如此一来，佐佐木觉察到自己被对方当成了无用之辈，才对我们道出了真相。"

"就算是国安的人，如果被指控和杀人事件有关，估计也不会有什么好日子过。他们会把所有责任都推到瞳的身上。"

"可是要把里见信代约出来，这可不是菊池能做到的。"

"要模拟听起来跟屉林先生相似的声音，凭现在的技术，大概不是什么难事。"片山说道。

"说起来……"晴美说道，"那场派对，胡桃说她是去给菊池传话的，当时菊池到底要她转告什么？"

"是那天夜里要召开秘密会议。"片山说道，"当时菊池自己无法起身。他本想联系佐佐木，但佐佐木因为参加派对而把手机关掉了。他才拜托胡桃，让她去派对。或许胡桃也是因为那件事才觉察到菊池有些事瞒着她。"

"可是……厚川沙江子也好，里见信代也好，直接下手的都是菊池。就算这些事是今井瞳让他去做的……"

"她恐怕是想把罪名都推到菊池头上。我们必须阻止。"

"我也出庭作证吧。"屉林说道，"连这个小姑娘都能鼓起勇气说出真相，况且我已经退下来了。即便以后BS通信机因为这事而倒闭，那也无可奈何。"

"那个，"咲帆小心翼翼地问道，"我要继续当会长吗？"

"拜托你了。"屉林微笑着说，"这次的事件里，BS集团名誉受损是无可避免的。这个集团里，最好能有一个像你这样性格开朗的会长。"

"可是……"咲帆嘟起嘴。

这时，会长室的门开了。

"打扰了……"

说着，从门口露出的脸是……

"妈妈！"

咲帆立刻跳起来向母亲奔去。

"咲帆……你变漂亮了。"川本幸子说道。

"你去哪儿了？"

"屉林先生说，要我暂时离开家一段时间，我就去澳大利亚了。"

"澳大利亚？"咲帆睁大了眼睛，"你让我担心死了！"

"抱歉。不过你用屉林先生给的钱去留学，不是挺好吗？"

看到幸子如此悠然自得，众人估计她似乎还不了解情况。

"还真让伊莎贝尔说中了。"晴美说道，"她说咲帆的父母都活着。"

电视上，镜头对准了正在讲述的胡桃。

"想必各位应该有小时候被父母看过日记，因此内心受到伤害的经历吧？行动、短信、电话总是被监视着，等同于被不认识的人看了日记。我不希望世道变成那样。各位觉得呢？"

听了胡桃的发言，会场响起热烈的掌声。

"喵——"

福尔摩斯也冲着电视机高叫一声。

片山觉得，如果有可能，福尔摩斯也会对胡桃的发言报以掌声。